光文社文庫

長編推理小説

三毛猫ホームズの証言台

赤川次郎

光　文　社

『三毛猫ホームズの証言台』目次

プロローグ

覚悟は決っていた。

何でもやる。――違法なことだろうが、人の道に外れたことだろうが、子供たちの空っぽのお腹を満たしてやるためなら、構やしない。

まず、「食べること」。道徳だの法律だのは、それから後の話だ。

森川礼子《もりかわれいこ》は指定された喫茶店に入って行った。約束の時間に二分遅れていた。

少し薄暗い店内は、ほとんど席が埋《うま》っている。――本当に来ているのだろうか？

ウエイトレスが、

「お待ち合せですか」

と、声をかけて来た。

「ええ……。探しても？」

「どうぞ。あの奥にも席があります」

一見、行き止りのような通路に、左へ曲る隙間《すきま》があり、そこには後から継ぎ足したのだろう、五つほどテーブルがあった。

男一人の客は、そこだけだった。

礼子はそのテーブルへ近付いて行った。

「あの……」

と、声をかける。「さっきメールで……」

男が顔を上げる。思いの他若い。といっても三十五、六というところか。

「礼子さん？」

「そうです。〈ピコ……〉」

「〈ピッコロ〉です」

と、男は言って、「どうぞ」

礼子は椅子を引いてかけると、水を持って来たウエイトレスに、

「コーヒーを」

と注文してから、男の方へ向き直った。

「若いですね」

と、〈ピッコロ〉という男は言った。

「二十九です」

「二十代か。――そうですか」

礼子は深呼吸を一つして、

「あの……どんなことでもします」

と言った。「お金がいるので……」

「仕事は？」

「パートと臨時雇いでしたが、今日いっぺんに両方の仕事を切られて」

「なるほど」

「今日までの分も払ってくれませんでした」

「それはひどい」

「あてにしていたのに。帰りに食べる物を買って、子供たちに食べさせなくては……」

「子供たち？」

「二人います。四歳の男の子と三歳の女の子。父親は逃げてしまいました。ともかく、子供たちはお腹を空《す》かして待っているんです」

コーヒーが来た。礼子は砂糖を沢山入れて、かき回した。

その甘ったるいコーヒーを一気に半分ほども飲むと、礼子は息をついて、

「あんまり遅くなりたくないので……。勝手言ってすみませんけど」

と言った。

〈出会い系サイト〉——そんなものがあることは知っていたが、まさか自分がそこで

「相手」を探すことになろうとは。

〈ピッコロ〉という名のその男は、じっと黙って礼子を眺《なが》めていたが、やがて、

「——何でもすると言ったね」

「はい。あの……私、こういうこと初めてなんですけど。ホテルに行くんですか」

仕方ない。見知らぬ男に抱かれるのを我慢すれば、ともかく今夜、あの子たちに何か食べさせてやれるだろう。

「金が欲しいんだね」

「そうです。いくらが普通なのか知りませんけど……」

男は札入れを取り出すと、一万円札を何枚か抜いて、テーブルに置いた。

「あの……」

「持って行きなさい」

と、男は言った。「ただ——話を聞いてくれ」

「え？」

「頼みたいことがある」

と、男は言った。「頼みを聞いてくれたら、向う一年、君と子供さんたちの生活の面倒を見てあげよう」

礼子は呆気《あっけ》に取られていた。

「一年、とおっしゃったんですか？」

「そうだ。親子三人、ひと月いくらあれば足りる？　三十万？　四十万かな」

「あの……」

「四十万円、毎月君にあげる。頼みを聞いてくれたら」

──からかわれているのかと思った。

しかし、男の表情は真剣だ。月、四十万。アパートの家賃、食費、光熱費……。四十万あれば、充分にまかなえる。

礼子は迷わなかった。テーブルの上の一万円札を素早くつかんで、バッグに押し込んだ。

「何をすればいいんですか」

男は初めて口もとに、かすかな笑みを浮かべた。そして言った。

「証言してほしい」

「十一月の十八日でした」

と、礼子は言った。「翌日が下の子のお誕生日でしたので、私、デパートでプレゼントを買いました。おつりをもらうとき、硬貨が何枚か落ちて、私、あわてて拾ったんです。恥ずかしくて、そのまま肝心の買ったものを持たずに歩き出してしまいました。そしたら、後ろから『奥さん！』と呼ぶ声がして――。初めは自分のことじゃないと思ったので、止らずに歩いてました。そしたら、肩をポンと叩《たた》かれて、振り返ると、『忘れ物ですよ』って、男の人が……」

礼子は、ちょっと咳払《せきばら》いして、

「それで初めて、自分がせっかく買った子供のプレゼントを置いて来ちゃったんだって気付いたんです。本当に恥ずかしかったです。――それから、同じ地下鉄の駅へ行くというので、その男の人と一緒に階段を下りて行きました。地下街へ入ると、目の前に、カフェっていうのか、何ていうのか、小さなお店があって、私、『お礼にお茶でも』って誘ったんです。私は紅茶、その人はコーヒーを飲んで……。何となく話してる内に、そのとき私がパートに行ってたコンビニに、その人が時々来てたって分って、何だか嬉しくなって……。それで、ケーキを追加で頼んで。そしたら、結局その人が払ってくれちゃって、全然お礼にならなかったんですけど。そのお店を出たところで、その人は他の用事があるって言って、別れました。すぐに、名前も聞かなかったな、って気が付いたんですけど。でも、もう会うこともないと思ったんで、いいや、と思ったんです」

ひと息つくと、弁護士が訊《き》いた。

「それは間違いなく、十一月十八日でしたか？」

「ええ。下の子の誕生日の前の日ですから、確かです」

と、礼子は言った。

「その店を出たのは何時ごろでしたか？」

「午後の六時です。ケーキ食べて、おしゃべりしてて、ふっと気が付いて腕時計見たら六時五分前でした。もう行かなきゃ、と思って……」

「そのお店にいた時間は？」

「四十分とか……それくらいだと思います。デパートで買物してるとき、五時を知らせるアナウンスがあったので」

「では、そのとき、一緒にお茶を飲み、ケーキを食べた相手の男性が今、この法廷内にいますか？」

「ええ、います」

「どの人ですか？」

「——あの人です」

礼子は振り向いて、指さした。——妻を殺害した容疑で裁かれている被告、千葉《ちば》克茂《かつしげ》を。

1　一年後

ドアが開いて、礼子が入って来た。

「やあ」

と、千葉克茂は席から立ち上って、「よく来てくれました」

「いえ。お招きいただいて」

礼子は一礼した。

高級フレンチのレストラン。——奥の個室は静かだった。

「始めてくれ」

と、千葉はレストランの支配人に言った。

「かしこまりました」

礼子は席についた。

二人きりになると、千葉は、

「久しぶりです」

と言った。

「ええ。――お変りなくて」

「あなたは……見違えました」

礼子はちょっと照れたように、

「あなたのおかげです」

と言った。

礼子は、初めて会った一年前とは別人のように、上等なスーツで、若々しく髪をセットしていた。

「お子さんたちも……」

「はい。二人とも元気で保育園に通っています」

――一年間、約束通り千葉は森川礼子に毎月四十万円を払った。毎月、一日の朝になると、ドアの新聞受に直接封筒が入れられていたのである。

借金を返し、たまった家賃を払って、それでも礼子がゆっくり仕事を探すゆとりがあった。三か月後から、外資系企業の広報に勤めることができ、定期的な収入があるようになった。

しかし、またいつ失業したり、病気になるか分らないという思いがあって、千葉からの四十万円はできるだけ貯金するようにしていた。そして一年。

その間、約束通り、一切千葉と連絡は取らなかった。一年目、十二回目の四十万円入りの封筒に、今日の夕食への誘いの手紙が入っていたのである。

食事しながら、礼子は今勤めていることを話した。

「そうですか。いや、どう見ても有能なプロですよ」

「見かけだけですわ」

と、礼子は笑った。「あなたのことは、時々経済誌で拝見しています。会社の業績はずいぶん上っているとか……」

「いや、ノロノロと亀の歩みですよ」

と、千葉は言った。「幸い社員たちが頑張ってくれますのでね」

千葉は〈S商事〉の社長である。殺された妻、典子《のりこ》の後を継いで社長になった。

創業家に生まれた千葉典子は、〈S商事〉のワンマン社長として知られていた。秘書だった堤《つつみ》克茂と結婚、夫の方が千葉を名のった。

そして一年。——千葉克茂は決して冒険せず、着実なビジネスに徹した。

多分に「気分屋」だった典子とは逆のやり方に、初めの内、社員は戸惑った。加えて、無罪にはなったものの、一度は典子を殺したとして逮捕された夫に、不信感もあった。

しかし、堅実な経営が着実に成功し、また利益を社員に還元する千葉のやり方に、社員は次第に見方を変えて行ったのだ……。

「――おいしい」

と、礼子は言った。「こんな食事、何年ぶりかしら」

「しかし、今は余裕もあるのでしょう？」

「おかげさまで。でも、二人の子供が、まだこれからですし、ぜいたくはしません」

コースの料理が進んで行くと、

「――お一人なんですか？」

と、礼子は訊いた。「秘書の方とか……」

「そんなものはいません。車もなくしました。自分で電車に乗った方が、よほど早い」

「そうかもしれませんね」

二人の会話は、礼子の子供たちのこと、千葉の海外出張での体験談がほとんどだった。

「――ごちそうになってよろしいんでしょうか」

と、食後のコーヒーを飲みながら、礼子は訊いた。

「もちろんです。こちらがお招きしたのですから」

と、千葉は言った。「帰りはお送りしますよ」

「でも……」

「それとも――もう少し付合っていただけますか？」

礼子は微笑《ほほえ》んで、

「ありがたいですけど、子供たちをお隣の方に預けているので、もう帰りませんと」

「そうか、いや、無理は言いません」

千葉が支払いをすませて、タクシーを呼んでもらった。

タクシーが来るまでの五分ほど、二人は言葉少なになった。

礼子は決して訊かなかった。

「あなたが奥様を殺したのですか？」

とは……。

礼子の証言が、千葉のアリバイとなって、疑いは晴れた。しかし……。

「お車が参りました」

と、店の人間が呼びに来て、無口の時間は終った。


「そこの角で」

と、礼子は言った。「歩いてすぐですから」

タクシーが停る。

「お宅まで送りますよ」

と、千葉は言った。

「いえ、そんな……。みすぼらしいアパートですから」

と、礼子は言ったが、千葉はタクシーを待たせておいて、礼子をアパートまで送った。

「ありがとうございました」

礼子はていねいに頭を下げた。

「礼子さん」

「はあ……」

「今日で終りでなく、これからも会ってもらえませんか」

千葉の言葉に、礼子は戸惑って、

「でも……もう契約は切れたんですもの」

千葉は何も言わず、いきなり礼子を抱きしめて唇を奪った。礼子はあまりに突然のことで、息が苦しいだけだった。

千葉はパッと離れると、

「失礼しました」

と言って、戻って行く。

「——待って!」

と、礼子は呼びかけた。

千葉が足を止め、振り向いた。

「あの……分りました」

と、礼子はどう言っていいか分らず、「また……誘って下さい」

千葉はニッコリ笑って、

「ありがとう」

と言った。「手紙を書きます」

お互い、電話番号も知らない。

しかし、礼子は察していた。――これからは変るのだ。

あの一年前の出会い以上に、自分の人生は変るだろう。

礼子は千葉が待たせていたタクシーへと戻って行くのを、じっと見送っていた。


「片山《かたやま》さん」

と呼ぶ声がした。「片山刑事さんでは」

片山義太郎《よしたろう》は足を止めて振り返った。

「あ……」

「やはり片山さんですね。千葉です」

「もちろん憶えてますよ。どうも」

警視庁捜査一課の刑事、片山義太郎は、ちょっと戸惑っていた。

自分が逮捕した人間から、懐しげに声をかけられることは珍しい。

ホテルNのラウンジである。

片山は、三つ揃《みぞろ》いのスーツ姿の千葉に、

「お元気そうで……」

などと言っていた。

「お待ち合せですか」

と、千葉克茂は言った。

「ちょっと早く着いてしまって。友人と会うことになってるんです」

「私もですよ。よろしければご一緒に」

「はあ……」

成り行きで、片山は千葉と同じテーブルについた。

「もう二年近くたちますね」

と、コーヒーを飲みながら、千葉は言った。

「そうですね。経営者として、今や有名人ですね」

「まあ何とかやっています」

と、千葉は言って、「あのとき……。妻の典子が殺されて、私が逮捕されたわけですが……」

「ええ、でも、アリバイがあって」

「幸運でした」

と、千葉は肯《うなず》いた。「ですが、片山さん、あのとき、あなたは本当に私に公平に、偏見なく接して下さった。私は心から感謝しています」

「そう言われると……」

「お気持は分ります。でも、私は一度お礼を言いたかった。他の刑事さんが、みんな私を初めから犯人扱いしていたのに、あなたはそうではなかった」

「思い込みは判断を誤らせますから」

と、片山は言った。「それに、あの事件は状況証拠ばかりでした」

「確かに。でも、あれくらいの証拠で有罪にされる人は珍しくありません」

と、千葉は言った。「その後、何か分ったことは？」

「いや、今のところ……。新たな捜査班ができて、一から洗い直しています」

「そうですか。では片山さんはもう……」

「ええ。僕は今、別の事件で」

片山もコーヒーを飲んで、「でも、ずっと気になっていますよ」

「もちろん、私も忘れてはいません」

と、千葉は言った。「〈S商事〉が、今も順調にやっていけているのは、やはり典子が経営の才を持っていたからでしょう」

片山は、千葉の言葉に感心した。有能な経営者として名を知られていながら、「自分の功績だ」と自慢しない人間は珍しい。

「ちょうど良かった」

と、千葉は続けて、「お話ししておいた方がいいと思って」

「何でしょう?」

「あのとき、私のアリバイを証言してくれた女性ですが……」

「ああ、デパートでお会いになったという……」

「実はその後――」

と、千葉が言いかけたとき、ラウンジに、足早に入って来た女性がいた。

「早かったのね!」

と、千葉に言って、「お仕事の話?」

「いや、そうじゃない。こちら片山刑事さんだ。あの、あのときの」

「まあ……」

片山も目を見開いて、

「あのとき証言された人ですね」

と言った。

「森川礼子さんです。実はあの後、一年ほどして再会しまして」

と、千葉は言った。「今度、結婚することになったのです」

「それは……おめでとうございます」

片山としてはそう言うしかない。

「捜査が続いているということですから、このことも知っておいていただいた方が、と思いまして」

「はあ」

「付合っていたのを隠していたと思われても……。ここでお会いしたのが幸いでした」

「――分りました」

片山はやっと肯いて言った。

「ね、千葉さん」

と、森川礼子が言った。「子供たちが……」

「ああ、分った」

と、千葉は肯いて、「今日は『面接試験』でしてね」

「試験？」

「彼女の二人のお子さんたちと食事するんです。私が二人のおめがねにかなうかどうか、ドキドキものですよ」

「ああ、なるほど」

「では、これで」

千葉は立ち上って、礼子と二人、ラウンジを出て行った。

二人と入れ違いに入って来たのは、片山の妹、晴美《はるみ》だった。

「――早かったな」

「用事が割合簡単に片付いて」

と、晴美は言って、「ね、今出てった男女、男の人の方は何だか見たことがあるようだな……」

「そうだろ」

片山が説明すると、

「――ああ！　あの人ね。じゃ、女性の方は証人だった人？」

「うん。法廷で見たのと大分違ってる。何だか若返ったみたいだ」

「でも……」

「確かに、二人が本当に裁判の後に付合いだしたのか、気になるな」

と、片山は言った。

「話題になるでしょうね。もし知れたら」

「担当してる奴には話しとくけど、マスコミにリークしたりしないように、念を押しとくよ」

「そうね。せっかく過去を忘れて幸せになろうとしてるんだもの」

と、晴美は言った。「でも、犯人は捕まってないのよね」

「ああ」

「微妙だわね」

と、晴美は言った。「ね、どうするの、これから?」

「どうするったって……」

片山は困惑して、「まあ、一応約束したんだからな」

片山兄妹《きょうだい》がここで会うことになっているのは、叔母《おば》の児島光枝《こじまみつえ》である。

両親を亡くしている片山たちの「親代り」を自任しているのだが、その関心が専《もっぱ》ら
片山のお見合にだけ向いているというところが妙だった……。

「時間あるものね」

と、晴美は時計を見て、「甘いものでも食べよう。——すみません」

よく外国の映画に出てくる小間使風の制服の女の子が、すぐにやって来て、

「はい」

「ケーキ、見せて下さい。それとミルクティー」

「かしこまりました」

と言ってから、「お水もお出ししていなくて、申し訳ありません!」

と、大急ぎでテーブルを拭き、セッティングしてくれた。

おかげで、片山もケーキを頼むはめになってしまった。

「気持のいい子ね」

と、晴美は言った。「十八、九？　若いわね」

「俺に女性の年齢は分らない」

片山は冷たい水を飲んでホッとした。

児島光枝との約束の時間には、まだ十分ほどあった。光枝はたいてい遅れて来る。

二人でのんびりケーキを食べていると、

「そんなもの食べて！　太るわよ」

と、突然声がして、片山はびっくりした。

「叔母さん！　早いですね」

「あら、そう？　約束何時だっけ？」

一体どう計算してここへやって来たんだ？　片山は苦笑した。

人に「太る」と言っておいて、

「私もケーキ、いただこう。——ちょっと！」

と、ウエイトレスを呼んで、「私も同じケーキとコーヒー」

「かしこまりました」

さっきのウエイトレスが急いで光枝の前にセッティングする。

「で、叔母さん」

と、晴美が言った。「今日の兄さんのお相手は？」

「すぐ来るわ」

と、光枝は水を飲みながら言った。「義太郎ちゃんは、いつも『堅苦しいのはいやだ』って言ってるから、今日は気軽な感じにしたの」

「気軽っていっても……。相手のことが全然分らないんじゃ」

と、片山が言った。

「——お待たせしました」

あのウエイトレスが、光枝にケーキとコーヒーを持って来た。

「どうもありがとう」

と、光枝はニッコリ笑って、「どう、義太郎ちゃん？」

「は？」

「この子なの」

と、光枝は何とウエイトレスを指して、「加賀涼子《かがりようこ》といって、私の古いお友だちの娘さん」

片山たちが唖然《あぜん》としていると、そのウエイトレスは、

「加賀涼子と申します」

と、頭を下げて、「コーヒーのお替り、お持ちしますか？」

2　親子

「いつも叔母さんにはびっくりさせられるわね」

と、晴美が言った。

「――すみません」

と言ったのは、あのウエイトレスで、今はもう小間使のスタイルではなく、明るい色のセーター姿だった。

「あなたが謝ることないわよ」

と、晴美は言った。

「本当なら、あの時間には、もう勤務が終ってるんですけど」

と、加賀涼子は言った。「急に休んじゃった人がいて、他に人がいなかったものですから」

今は涼子も客になって、紅茶を飲んでいた。

「今、二十歳《はたち》だったわね」

「そうです」

「ずいぶん若くてお見合を……」

と、晴美が言うと、

「でも、苦労してるのよ」

と、光枝が言った。「母親が二年前に亡くなってね。今は妹さんと二人で暮してるのよね」

「あの――お父様は？」

と、晴美が訊いた。

「父は行方不明で」

「行方不明？」

「出稼ぎというか……。会社が倒産して、失業していたとき、『昔の友人から仕事があると言われた』と言って、九州の方へ一人で行ったんですけど……。それきり消息が分りません。私が十歳のときでした」

「じゃ十年前？」

「母は看護師で、それから一人で私たちを育ててくれたんですけど……。二年前、仕事中に突然倒れて。心臓が悪かったのを、隠して働いてたんです。意識を失ったまま、亡くなりました」

「大変だったのね」

「私は高校を出たばかりで、アルバイトをしていました。その内、児島さんの紹介で、このホテルに」

「へえ」

晴美は、ちょっと叔母を見直した。

「この子のお母さんは、そりゃあ真面目《まじめ》でよく働く人だったの。私と大違いでね」

光枝にしては珍しい発言だった。

「児島さん、今日はありがとうございます」

と、涼子は光枝に言った。「お見合だなんて、今の私に……。片山さん、すみません。私、妹を抱えて、とても男の方とお付合いする余裕はありません。でも――お目にかかれて嬉しかったです」

確かに、まだ二十歳の若さで、結婚どころではないだろう。だが、片山に紹介しようとした光枝の気持も分って、晴美は兄をつつくと、

「こうして会ったのも何かの縁よ。せめて食事ぐらいしなさいよ、涼子さんと」

「あ……。まあ……もちろん」

「いえ、ひとみが家で待ってますから」

「ひとみちゃんって、妹さんね。じゃ、ぜひ一緒に食事しましょ。ね、お兄さん」

「ああ。――じゃ、ぜひ」

「ほらね」

と、光枝が涼子に言った。「片山さんっていい人でしょ？　何も今結婚しなくたっていいのよ。十年後でも」

光枝の無茶な言葉に、片山だけでなく、涼子も笑ってしまった。光枝はふしぎそうに、

「何がおかしいの？」

と、目をパチクリさせていた……。


「――うん、分った」

加賀ひとみはケータイで姉の話を聞くと、

「三十分あれば行くよ」

と言った。

あの児島さんっておばさんが、姉に男の人を紹介してくれるという話は聞いていた。お節介な人だ、と呆《あき》れたけれど、姉が色々世話になっていることも知っていたから黙っていた。

「え？――まだ学校。だってクラブある日だし」

と、ひとみは言った。「はい、分った。うんと食べる！」

そう言って笑うと、ひとみはケータイを切って、鞄に入れた。

ひとみは公園のベンチに座っていた。

もう暗くなった公園には人の姿はない。

ひとみは立ち上ると、鞄を手に公園を出た。

――今日も会えなかった。

ひとみの胸の奥が、チクリと刺されるように痛んだ。


「当機は間もなく成田《なりた》国際空港に着陸いたします」

というアナウンスが機内に流れた。

もう夫を起した方がいいだろうか。

辻川友世《つじかわともよ》は、ファーストクラスの隣の席でまだ寝息をたてている、夫、辻川寿男《ひさお》の方へ目をやった。

でも――まだ大丈夫。着陸態勢に入ったら、リクライニングを起さなくてはならない。そうしたら起そう。

何しろ、ニューヨークでは本当に寝る間もないほど働いたのだから、この人は。

夫にはまだ言っていないが、ニューヨークを発つとき、友世は父から〈よくやった〉というメールを受け取っていた。父が素直に人をほめるのは珍しいことだ。

〈よくやった。寿男君へそう伝えてくれ。NYのミスター・レイノルズから、寿男君の粘りには負けた、というメールが来ている。ご苦労だった。帰国したら、二人で一週間ほど休むといい。成田には安西《あんざい》を迎えにやる。父〉

父がこんなに長文のメールをよこすとは！

およそパソコンやSNSには弱いので、父、辻川博巳《ひろみ》はメールでも〈OK〉だけとか、〈だめだ〉のひと言しかよこさないことが多いのである。

機体が降下し始める感覚があった。友世は隣の夫の肩を軽く揺さぶった。

「うん？——どうした？」

辻川寿男は寝ぼけた顔で言った。

「起きて。じき着陸よ。リクライニングを起して」

「ああ、そうか。飛行機だったんだ」

寿男はちょっと笑って、ボタンを押した。ブーンという音がして、フラットになっていた座席が元に戻る。

「眠っちまった……」

と、寿男は欠伸《あくび》して、「朝食は？」

「出たけど、よく寝てたから。起したのよ、一応。でも、あなた、『いらない』って言って……」

「そんなこと言ったのか？　もったいなかった！」

と、寿男はため息をついて、「テイクアウトできないかな？」

結構本気で言っているのである。

「着いたら日本は夕方よ。どこかで食事して帰りましょう」

「そうするか」

寿男はもう一度大欠伸した。

――辻川寿男は四十八歳。友世の父、辻川博巳が社長をつとめる〈Tカンパニー〉の部長である。社長の辻川博巳は今年六十になる。

友世は博巳の一人娘。寿男は辻川の姓を名のっている。

友世は今二十九歳なので、夫、寿男とは二十近くも年齢が違う。当然、父は結婚に猛反対したが、友世は頑として決心を変えなかった。

結婚して二年。寿男はよく働き、義父の会社に大きな利益をもたらした。博巳も寿男のことを大分見直していた。

そして、このニューヨーク出張。

ほとんど一か月近い在米の間、友世の助けもあって、寿男は数知れないパーティに出席し、ビジネスの話を進め、契約にこぎつけた。

父、博巳からのメールは、寿男を娘の夫として無条件で認めたということだったのである……。

——飛行機は無事に滑走路に降りた。

「ほとんど着地のショックもなかったわね」

と、友世は言った。「上手なパイロットだったわね、あなた」

隣を見ると、寿男はまた居眠りしていた……。

「お帰りなさいませ」

三十過ぎの細身の青年が友世たちを出迎えた。

「ただいま。ありがとう、わざわざ」

と、友世は言った。「あ、荷物は主人のスーツケースだけ。大きな物は全部送っちゃったから」

「では、荷物が出て来るのを待つ必要はありませんね。専務、私が」

「ありがとう」

と、寿男はガラガラと転して来たスーツケースを、社長秘書の安西へ任せると、「おいおい、いつから僕は専務になったんだ?」

と笑った。

「昨日付です。奥様からお聞きでは?」

寿男が面食らって友世を見る。友世はいたずらっぽく笑って、

「父から聞かせようと思って黙ってたの。父から先週メールで言って来たわ」

「そうか……。僕には少し荷が重いよ」

「大丈夫よ。——さ、行きましょう」

「お車が待っています。こちらへ」

と、安西が先に立って、成田の到着ロビーの人ごみを巧みに縫って行く。

表に出ると、

「ああ、涼しい」

と、友世が息をついて、「空が見えて嬉しいわ。ニューヨークはビルの合間にしか空がないものね」

黒塗りのハイヤーが待っていた。スーツケースをトランクに入れ、二人が乗り込むと、安西は助手席にかけて、

「どちらへ?」

と訊いた。

「この人、食事抜きなの。Kホテルにでも寄って」

「かしこまりました」

ドライバーが車を出す。

「ご活躍は社内でも毎日パソコンに配信されていましたよ」

と、車が広い道へ出ると、安西が言った。

「そう？　私は毎日パーティに付合されてたわ」

「パーティのお写真も、向うの経済ニュースに出ていました。ドレス姿が本当にお似合いでしたね」

「まあ、安西さん」

と、友世は笑って、「大変だったのよ、毎日ホテルの部屋で洗濯して。途中で足りなくなって、向うでドレスを二着買ったわ。でも、私なんか小柄だから、向うだと子供服になっちゃうの。自分でも笑っちゃった」

――しばらく車は順調に走って、

「都内へ入ると、少し混むかもしれません」

と、安西は言って、後部座席を振り返って見た。

寿男は眠っていた。

そして、友世も……。友世は夫の肩に頭をもたせかけて眠っていた。

安西は前方へ向き直った。――その表情が少し苦しげに歪《ゆが》んだ。

畜生《ちくしょう》。どうしてだ！

どうしてこんなことになったんだ？

もしかしたら――いや、本当なら俺が後部座席に座っていたはずなのに。

友世の夫として、彼女の肩を抱き、キスだってしていたはずなのに。

安西は友世と付合っていた。恋人というわけではなく、たまに食事を一緒にするぐらいだったが、友世も安西を憎からず思っていたはずだし、父親の辻川博巳も、少なくとも二人の付合に口は挟まなかった。

あのまま行っていれば、安西は友世と結婚していた。――可能性はあったはずだ。

それが……。

友世が新しく買ってもらった車を運転して一人で出かけた日、夜になって、

「遅くなったから泊る」

と、父親に連絡があった。

そして翌日、帰宅したとき、車には見知らぬ男が同乗していたのだ……。

その男との間に何があったのか、安西は一週間たって、やっと知らされた。

友世が車でその男をはねた。軽くではあったが、男は気を失い、意識が戻ったとき、男は記憶を失っていた……。

その男のことは「極秘」とされ、安西にもその後のこと、病院での検査のことなど、何も知らされなかった。

それが、数か月後、突然会社に現われたその男は、友世の夫、辻川寿男と名のったの

である。

——安西はもう一度、そっと後部座席を振り返った。

二人の手が重なり合い、眠りながら握り合っているのが目に入って、安西の胸は嫉妬《しっと》に痛んだ。

このままですませるものか。——そうだとも。俺はまだ諦《あきら》めない。

安西はそう自分に向って呟《つぶや》いた……。

3 事故

「ああ……。お腹一杯！」

と、加賀ひとみは少し大げさに息をついた。

「よく食べたわね」

と、姉の加賀涼子は苦笑して、「うちでろくなもの食べてないみたいじゃないの」

「そんなことないよ」

と、ひとみは言った。「お姉ちゃんの作るご飯、おいしいよ」

「まあ、偉いわね」

と、片山晴美は言った。

「ただ、お姉ちゃんが作るものって、いつも味付けが同じなんだ」

「ちょっと、ひとみ！　ちっともほめたことにならないじゃないの！」

片山たちのテーブルに、笑いが弾けた。

片山と晴美、そして、ホテルのウエイトレス、加賀涼子と妹のひとみ。——四人は中華料理店の丸テーブルを囲んでいた。

片山たちが時々食べに来る店で、ホテルの中ではあるが地下街にあって、そう高くない。

「お見合に邪魔しちゃってごめんなさい」

と、ひとみはデザートの杏仁豆腐《アンニン》を食べながら片山に言った。

「何よ、急に」

と、涼子が妹をにらんで、「お見合ったって、児島のおばさんもおっしゃった通り、ただ『お会いした』だけ」

「でも、片山さん、お姉ちゃんはきっといい奥さんになりますよ。見た目より太ってるけど」

「こら！」

「いや、すてきな姉妹だね」

と、片山は笑って、「僕もひとみちゃんと同じ意見だよ」

「見た目より太ってるってこと？」

「いや、そうじゃなくて――。とても魅力的ってことさ」

「あら、女性恐怖症のお兄さんにしちゃ、珍しいこと言うじゃない」

と、晴美がからかった。

「それは、私が片山さんにとって女性の内に入らないからでしょう」

と、涼子は言った。

「何しろ、うちには気の強い女が二人もいるんでね」

「あら、ごきょうだいが？」

「いいえ、三毛猫よ。ホームズっていって、ちょっと変ったメスなの」

「あ、児島さんから伺いました。とっても頭のいい猫ちゃんですってね」

と、涼子は言った。

「会いたいな！」

と、ひとみが声を弾ませる。

「じゃ、今度うちへ遊びに来て」

と、晴美が言うと、早くもひとみは、

「いつならいい？」

と、身を乗り出した……。

ああ……。何てすてきな人だろう。

涼子は、ホテルのロビーで、ひとみがトイレから戻るのを待ちながら、ため息をついていた。

「くたびれた?」

と、片山に訊かれて、あわてて、

「いえ、ちっとも」

と言った。「お腹があんまり一杯で。——図々しく、姉妹でごちそうになってしまって、すみません」

「とんでもない。君たちに払わせたりしたら、晴美の奴にけとばされるよ」

と、片山は笑って言った。

その笑顔のやさしさに、涼子は胸を打たれた。こんな思い、初めてだ。

こんな男性もいるんだ。――無理なくやさしい片山の穏やかな笑顔は、涼子をすっかり魅了していた。

でも――私はまだ二十歳なんだ。ひとみが大人になるのに、あと何年かかるだろう？

それまでには、きっと片山さんはすてきな人を見付けて結婚している……。

そう思ったとき、涼子は胸が刺すように痛むのを感じて、びっくりした。

これって……嫉妬なのかしら？

私、恋してる？

「――お姉ちゃん」

ひとみが戻って来た。

「あ、じゃ行こうか」

晴美も一緒に戻って来ると、

「ひとみちゃん、この隣の公園に寄りたいんですって」

と言った。

「公園？　こんな夜に？」

「お願い！　ちょっと――会いたい子がいるの」

「何のこと？」

「こんなに近くのホテルで食べるって思わなかったから。――ね、すぐ戻る」

「ひとみ……」

「私が一緒に行くわ。大丈夫」

晴美がそう言って促《うなが》すと、ひとみは小躍りして、一緒にホテルの正面玄関を出て行った。

「何のことかしら？」

片山と涼子も、ホテルを出て、「すみません。突然変なこと言い出して」

「いや、ひとみちゃんにはきっと何かわけがあるんだよ」

「それにしたって……」

正面玄関を出ると車寄せで、次々にタクシーなどがやって来る。

ホテルから、若い女性が出て来ると、

「あ！　私、ショールを置いて来ちゃった」

と言った。

その女性の後から出て来た男性が、

「レストランの個室に？」

「ええ。他には考えられない」

「取って来るよ」

「ごめんなさい！」

男性がホテルの中へ戻って行く。

女性は少し酔っているのか、風の冷たさを心地良さそうに受けていた。

大型のバスが一台、車寄せに入って来た。

涼子は、その女性がめまいでもしたのか、フラッとよろけて、二、三歩前に出るのを見た。

バスは手前で停まったが、バスの後ろから入って来たタクシーが、バスの向う側を追い越して来た。

――危い！

女性はタクシーのライトを受けて立ちすくんだ。

涼子は、

「危い！」

と叫んで飛び出した。

急ブレーキの音。

涼子はその女性を突き飛ばし、次の瞬間、タクシーに引っかけられてコンクリートに叩きつけられていた。

「涼子君！」

片山が駆けつけて来る。「ごめん！　気付かなかった！」

「いえ……。足……」

頭は打たなかったが、体をひねるようにして倒れたので、左の足首に体重がかかった。

片山が抱き起すと、涼子は「アッ！」と声を上げた。

「おい！」

片山はベルボーイがやって来るのを見ると、

「救急車だ！　急いで！」

と怒鳴った。

涼子が突き飛ばした女性が起き上ると、

「まあ……」

と、呆然《ぼうぜん》として、「けがを?」

「あなたは大丈夫ですか?」

と、片山は訊いた。

「ええ……。ちょっと膝《ひざ》をすりむいたくらいで……」

その女性——辻川友世は、やっと状況を呑《の》み込んだようで、「私、そのタクシーにひかれるところだったのね……」

と呟いた。

タクシーのドライバーが、降りて来て、

「こいつは……。見えなかったんで……」

と、声が震えている。

バスの乗客たちが降りて来て、大きなスーツケースが下のトランクから次々に下ろされていた。

涼子は痛みで真青になっていた。

「辛抱して。すぐ救急車が来る」

と、片山が言った。

「はい……。すみません」

「君が謝ることはないよ」

「いえ、ひとみのこと……。すぐ戻って来るといいんですけど」

「心配しなくていい。連絡しておくよ」

「はい……」

涼子は、自分のバッグを投げ出したままにしてあるのに気付いて、「私のバッグ……」

「取って来よう」

と、片山が立って行く。

そこへ、

「このショールだね」

と、やって来たのは辻川寿男だった。「どうかしたのか?」

「この子のおかげで……」

友世が説明すると、

「そうだったのか。——僕がいれば良かったが」

「ね、この子のこと……」

「ああ、分った。任せてくれ。安西はもう帰ったんだな」

「ええ」

「君は車で帰っててくれ。僕はタクシーでこの子について行く」

「分ったわ」

友世は、倒れている涼子のそばに膝をつくと、「——本当にありがとう。あなたのおかげで助かったわ」

涼子は青ざめた顔で友世を見上げて、

「いいえ……良かったですね……」

と言うと、「あの人……ご主人ですか？」

「ええ。救急車が来たら、病院までついて行くわ」

「いえ……。大丈夫です。片山さんが……」

片山がバッグを手に戻って来ると、

「中から飛び出した物を集めてた。たぶん、全部あると思うよ」

「ありがとう……」

「あの——」

友世が片山に話しかけて、「主人がついて行くと申していますので」

「ご心配なく。僕は刑事です。この子を入院させてから、そちらへ連絡しますよ」

「そうですか……」

片山は、辻川友世から連絡先を受け取った。

そこへ、

「どうしたの！」

と、声がして、ひとみと晴美が戻って来た。

「事故だったんだ」

「お兄さんがついてたのに……」

と、晴美は眉をひそめて、「居眠りでもしてたの？」

「立って眠れるか。――それ、何だ？」

片山は、晴美のコートの下でモゾモゾ動いているものに目をとめて言った。

「これ？　ひとみちゃんが会いたがってた相手」

コートの下から、何と小さめの猫が顔を出した。片山は唖然として言葉もなかった……。


「足首を骨折しているそうです」

と、片山は言った。「ひと月ぐらいは入院することになるかもしれません」

涼子が運び込まれた大学病院の外である。ケータイで、辻川友世にかけていた。

「S大病院ですね」

と、友世は言った。「そこなら、病院長と父が知り合いです。涼子さんを特別病室へ入れてもらうように頼みますわ」

「それは改めて話して下さい。今は痛み止めで眠っています」

片山は、涼子とひとみの姉妹二人暮しであることを説明して、「差し当り、ひとみちゃんは一人で大丈夫と言っていますから」

「お二人の生活については、私の方で責任を持ちます」

と、友世は言った。「明日、私が病院へ参りますので」

「分りました」

「主人は――ニューヨーク出張が長かったので、眠っています。改めてお礼に――」

「急ぐことはありません」

「お気づかいいただいて、本当に……」

友世は何度も礼を言って、通話を切った。

「――どうした？」

振り返ると、パジャマ姿で夫が立っている。

「起しちゃった？」

「いや、目が覚めたのさ」

と、辻川寿男は言った。「まさか、君がここでしゃべってても寝室で目が覚めやしないよ」

広いマンションである。寿男の言う通りだろう。

「あの片山さんって刑事さんから」

友世の話を聞いて、

「そうか。しかし、できるだけのことはしてあげなきゃな」

「もちろんよ。私に任せて。あのけがした子はあのホテルのウエイトレスですって。妹と二人の暮しを支えてるのよ」

「親は？」

「お母さんは亡くなって、お父さんは行方不明だそうよ」

「それは大変だな」

「当面、ホテルの方がどうするのか、確かめてみるわ。入院の費用はもちろんこちらで」

「うん。君を助けてくれたんだ。僕も明日病院へ行こう。午後にしてくれれば」

「じゃ、そう安西さんに言っとくわ」

「会社に行くのはその後でいいな」

「父に話しておくから」

と、友世が言ったとき、ケータイが鳴った。

「父だわ。――もしもし」

「寝ちまったのか？」

と、辻川博巳が言った。「まあ、疲れてるだろうが、一応、報告してもらわんと」

「分ってるわ。事故があったの」

「事故？」

友世は事情を説明して、

「S大病院、知ってるでしょ？」

「もちろんだ。よし、明日、早速院長へ連絡しとく」

「お願い。——そっちへ行くの、病院に寄ってからでいいでしょ？」

「ああ。ただ、午後三時に会議に出てくれんか」

「寿男さんに伝えるわ。疲れて眠ってるから」

と言いながら、寿男の方へちょっとウインクして見せる。

「今度、一つ大きなプロジェクトを立ち上げる。その共同出資者と打合せをする」

と、辻川は言った。

「あんまり寿男さんをこき使わないでね」

と、友世は文句をつけた。

「分ってる。——相手の社長が来るから、会ってほしいだけだ」

「どこの誰？」

「〈S商事〉の社長の千葉克茂って男だ」

「ああ。経済紙で見かけたわ、何度か」

「有望な会社だ。千葉もいいビジネスマンだしな」

「分ったわ。でも、少し休ませてね。お父さんがそう言って来たのよ」

「分ってる。今度の出張の結果処理が一段落したら、二人でどこへでも行って来い」

「言われなくたって行って来るわよ」

と、友世は言った。「じゃ、明日三時に」

通話を切って、友世は寿男に父の話を伝えた。

「じゃ、病院には一時ごろ行こうか」

と、寿男は肯いて言った。「〈S商事〉の千葉か……。何か事件があったんじゃないか？」

「ええ、確か奥さんが殺されて」

「一度逮捕されたんだったな。でも、アリバイがあって……」

「そうだったわね。――怖いわね。もしその証言をする人がいなかったら、今ごろ殺人罪で刑務所かも」

「うん……。人間、何が起るか分らないもんだ」

と、寿男は言った。「僕だって……」

「あなた」

「僕だって、何かやっていたかもしれない。忘れてしまっただけで」

「大丈夫よ。あなたに人殺しなんて、できっこないわ」

友世は寿男にキスして、「今夜はもう寝ましょう」

「ああ」

「ね、休みを取ったら……」

「何だい？」

友世は、寿男の胸に顔を埋《うず》めて、

「私、子供が欲しいわ」

と言った。

「ああ……。そうだな」

「約束よ」

「分った。でも――今夜は勘弁してくれ」

寿男の言葉に、友世は笑って、もう一度熱いキスをした……。

4　隠れた悪意

「わ！　凄《すげ》え！」

ひとみの言葉に、

「ひとみ！　何、その言い方」

と、涼子がベッドからにらんだ。

「だって、つい出ちゃったんだもん」

ひとみは広い特別病室の中を面白がって覗《のぞ》いた。

「うーん、凄い！　バス、トイレ付。うちなんかよりずっと立派。——私、ここで暮そうかな」

「ひとみ……」

涼子は苦笑して、「——どう？　一人で大丈夫？」

「うん。毎晩違う男の子を連れ込んでる」

「全くもう……」

病室のドアが開いて、

「あ、ひとみちゃん」

と、入って来たのは晴美だった。「来てたの」

「今来たの。――凄く高いんでしょ、この病室」

「辻川さんが出して下さってるのよ」

と、涼子は言った。

「分ってる。私にも、『よかったらホテルで暮す?』って訊いてくれたけど、私は自分のアパートの方が落ちつくし」

「そうね。でも、ちゃんと食べるのよ」

「うん」

そのとき、晴美のさげた布のバッグから、

「ニャー……」

と、声がした。

「あ、ホームズ?」

と、ひとみが訊く。

「ええ。ホームズが会いたいって言ってるもんで」

すると、どこか他からも、少し幼ない感じの猫の声が聞こえた。

「ひとみちゃん——」

「連れて来ちゃった」

ひとみが学生鞄の他に持っていたスポーツバッグを下へおろして、ファスナーを開けると——。

まだ「子猫」と言っていいような三毛猫がピョコンと顔を出す。

「結局飼ってるのね？　ちゃんと面倒見られるの？」

と、涼子が言った。

「うん、任せて。あの公園で出会ってから、ずっと仲良しなの」

「ホームズも興味持ってるみたい」

ホームズがするりとバッグから出て来ると、その子猫をじっと眺めていた。

「名前、決めたの？」

「うん！　〈涼子〉」

「ひとみ、ちょっと——」

「嘘だよ。〈パリ〉ってどう？」

と、ひとみは言った。

「〈パリ〉って何よ？」

と、涼子は言った。

「フランスの首都よ。知らないの？」

と、ひとみが目をパチクリさせて訊く。

「知ってるわよ。それぐらい！」

と、涼子はむきになって、「何で、その子猫が〈パリ〉なのよ」

「何となくそんな感じしない？　ちょっとお洒落《しやれ》でさ」

「どこが？」

「イメージよ、イメージ。〈パリ〉でいけないって理由もないでしょ？」

「だけど……猫の名前っていったら、普通は〈タマ〉とか〈ミケ〉とか……」

「時代劇じゃないんだから」

姉妹のやりとりを聞いていた晴美は笑い出して、

「ひとみちゃんが〈パリ〉でいいなら、いいんじゃない？　うちのホームズだって、猫らしい名前じゃないもの」

「そうですよね！」

と、ひとみは味方ができて、元気よく、「〈パリ〉で決り！」

「もう……。ちゃんと世話してよ。お姉ちゃんは猫の面倒まで見られませんからね」

涼子は苦笑しながら、「ま、飼えば可愛《かわい》いのよね、きっと」

「あら、今だってもう充分可愛いわ」

ひとみはしゃがみ込んで、子猫の体をそっと撫《な》でた。「ね、パリ。仲良くしようね」

「ホームズも仲良くしたいようね」

と、晴美は言った。

ホームズは、間近でじっと子猫――パリを見つめていたのである。

そしてひと声短く鳴くと、病室の奥の方へスタスタ歩いて行った。すると、パリがいそいそとホームズの後を追って行ったのだ。

「あ、何か先輩として注意しとくことがあるみたいね」

「凄い！　いい先輩がいて良かった」

と、ひとみは大喜びしている。

隅の戸棚のかげに、二匹の三毛猫は入って行った。――さて、ホームズはパリに何を話して聞かせていることやら……。


そして、晴美が持って来たお菓子を三人で食べていると、ドアがノックされて、辻川友世がやって来た。

「あら、楽しそうね。私も仲間に入れてもらえるかしら？」

「もちろんです」

と、涼子が言った。「妹にも色々お気づかいいただいて、ありがとうございます」

「そんな。――命の恩人のためですもの」

「たまたまです」

と、涼子は照れたように言った。

友世が買って来たプリンを、「冷たい内に」と、四人で食べた。

「私、退院するころ、どれくらい太ってるかしら」

と、涼子が笑って言った。「あ、友世さん、私の入院ですけど、順調なので、ひと月はかからないそうです。たぶん二十日ぐらいで」

「まあ、それは良かったわ」

と、友世は微笑んで、「それでね、ちょっと相談があって」

「何ですか？」

「私と主人、ニューヨークにひと月出張してたから、いわば代休として、十日間、高原のホテルで休みを過すことにしたの。もしよかったら、一緒に来ない？」

「私がですか？」

「ちゃんと、向うにもクリニックがあって、父もよく知ってるお医者さんなの」

「でも――私がお邪魔しちゃ……」

「こちらの片山さんにもご一緒していただけたら。ひとみちゃんは学校があるわね」

「重傷の姉の面倒を見るために、学校休んでついて行きます！」

と、ひとみがすかさず言ったので、笑いが起った。

そこへホームズが子猫を従えて（?）現われたので、またひとしきり騒ぎになって……。

「その日程だったら、テストの後だ」

と、ひとみが言った。「大丈夫。——あ、そのホテル、ペットもいいですか?」

「OKってことにするわ」

と、友世が言った。「うちの会社が持ってるホテルだから」

「ニャー」

と、ホームズがひと声、鳴いた。


ホテルのロビーで、二人の男は出会っていた。

「やあ、千葉さん」

「あ、辻川さん」

先日はどうも、というやりとりがしばらく続いて、

「お一人ですか?」

と、辻川寿男が訊いた。

「いや、ちょっと待っているところで」

「僕もです」

二人はロビーに置かれたソファに腰をおろした。

辻川寿男は、この間、義父の辻川博巳に千葉を引き合されたばかりだった。

「これから忙しくなりそうですね」

と、千葉は言った。

「そうですね、あのプロジェクトが始まったら……」

「ニューヨークから帰られたばかりでしょう？　大変ですね」

「いや、そのために、この週末から一週間ほど、家内と二人で旅行することに……」

辻川寿男の話を聞いて、

「そうでしたか。では、ゆっくりできて……」

「千葉さんは、結婚されたばかりでしょう？　そう聞きましたが」

「まあ……確かに」

と、少し照れて、「しかし、ハネムーンの暇もありませんよ」

「そうだ……。では、どうです？　僕らの旅にご一緒しませんか」

千葉は面食らって、

「まさかそんな……」

「いや、うちの社の持っている高原のホテルにずっと泊るんです。もしよろしければ」

「しかし——お邪魔でしょう」

「それを言うなら、そちらがハネムーンということですから」

と、寿男は笑って言った。

「ご迷惑でなければ……」

と、千葉は言った。「早速相談してみます。家族に」

「お電話いただければ——」

「いや、今、戻って来ました」

ロビーに、礼子と二人の子供がやって来た。子供たちをトイレに連れて行っていたのである。

「礼子。——辻川さんだ」

と、千葉は言った。

「まあ、どうも……」

そこへ、辻川友世がやって来た。

「ちょうどいい」

と、寿男が笑って、「うまい具合にお会いしましたね」

寿男の提案に、友世はすぐ賛成して、

「ぜひご一緒しましょう。お子様たちにも楽しいと思いますよ」

「お言葉に甘えようか。仕事は何とかする」

「あなた……」

「そうですよ。社長さんなんですから」

と、寿男は言った。

「ホテルがにぎやかになるわ」

と、友世が言った。

友世の命を救ってくれた加賀涼子の話をすると、

「なるほど。——いや、世の中、何が起るか分りませんね」

と、千葉が感心している。

「では週末、できれば金曜日の夜に車で出かけませんか？」

と、寿男が言った。「車は用意します」

二家族の旅行の話は、ホテルのロビーでたちまち決ってしまった。

「あ、そうそう」

と、友世が言った。「他にも三毛猫が一匹、来るわよ。二人って言った方がいいかしら」

「車の手配ですね。分りました」

安西はメモを取った。

「どうした」

と、辻川博巳が訊く。

「寿男さんです。ホテルに、千葉さんの一家も一緒に行くことになった、と」

「そうか」

辻川は社長の椅子に腰をおろして、「では、ホテルの方へよく言っといてくれ」

「かしこまりました」

安西は社長室を出ようとして、「社長。もしよろしければ、私もお休みをいただいていいでしょうか」

「ああ、どこかに行くのか」

「私にも、ちょっとしたプライベートがありまして」

辻川は笑って、

「分った。休んで来い。何かあれば、連絡する」

「ケータイは切っているかもしれませんが」

と、安西は言った。「では、改めて届を出します」

一礼して出て行く安西を、辻川は少しホッとした気分で送っていた。

辻川は、安西が友世と付合っていたこと、将来は友世の夫として、辻川の後を継ごうという気でいたことも承知していた。

ただ、大企業のトップに立つには、安西は「器が小さい」とも思っていた。それでも、もし友世がそう望めば、辻川はそれを叶《かな》えてやっただろう。

ところが、そこへ突然現われたのが寿男である。辻川も、得体《えたい》の知れない男に、友世をやるつもりはなかったのだが、ともかく友世は絶対に譲らなかった。

根負けした辻川は友世と寿男の結婚を認めた……。

結局、友世の選択は間違っていなかったのかもしれない、と辻川は思った。寿男にはビジネスのセンスというより、人の心をつかむ能力が具《そな》わっていた。

そして今、寿男に安心して友世を任せられる、と考えている。

一方で、安西がどう思っているか、気になっていた。だから、安西が休みを取りたいと言ったことで、少し安堵《あんど》していたのである。

あいつにも恋人ができたのかもしれない。

辻川は、デスクのボタンを押して、

「コーヒーを持って来てくれ」

と、秘書室へと声をかけた。

安西は、コーヒーを、という辻川の声を聞いていた。

女性秘書が、すぐに立って、コーヒーを淹《い》れに行く。

休暇を取る。——安西の心には、あるプランがあった。

寿男と友世が、この休暇で「子作り」を目指していることを、安西は察していた。そう考えるだけで、安西の胸は、かきむしられるように痛む。

「そう好きにはさせないぞ……」

と、安西は席に座って呟いた。

すると——。

「何を『好きなようにさせない』の？」

と、声がして、安西はびっくりした。

一人がコーヒーを淹れに行って、秘書室には自分一人だと思っていたのだ。

「——宮前《みやまえ》君か」

笑顔も、ついひきつったものになった。「ずっとここにいた？」

「その棚の奥で、段ボールを開けてたのよ」

宮前あかりは辻川の秘書の一人である。スーツがよく似合う、いかにも頭の切れそうな女性だ。

「そうか。——いや、別に何でもないよ」

さすがに安西もとっさにうまい言いわけを思い付かなかった。

「ちゃんと聞いてたわよ。『好きにはさせないぞ』って言っといて、何でもないってことはないでしょ」

「いや、だから……休みを取ろうと思ってるんだけど、行先のプランがね」

「無理しないで」

と、宮前あかりは笑って、「友世さんと旦那さんのことでしょ？　辛いわよね、お二人の車の手配からホテルの予約までしなきゃならないなんて」

「それは僕の仕事だ」

「分ってるって。——本当なら、安西さんが友世さんの夫になってたのにね」

「おい……。妙なことを言わないでくれよ」

「ここには私と二人きりよ。隠すことないじゃない。私だって、あの寿男さんって人が降って湧《わ》いたように現われて、びっくりしたわ」

安西は、宮前あかりを見上げて、

「君……あの寿男のこと、何か知ってるかい？　どこの出身とか」

と訊いた。

「いいえ。一切極秘。でも変よね。知られてまずいことがなければ、極秘にすることないものね」

「確かにな。万一、寿男にまずい過去でもあったら……。それが明るみに出たとき、友世さんが妻だったら……」

「そう。友世さんのためにも、事実を調べなきゃ」

「君、力を貸してくれるか?」

「力になってもいいけど、それだけの見返りはほしいわね」

安西は、宮前あかりを初めて見るような思いで見た。ただの真面目なＯＬだと思っていたのだが。

「君、いくつだ?」

「年齢《とし》を訊くの?――二十八よ」

「そうか。お金は好きかい?」

「嫌いな人、いる?」

安西はちょっと笑った。

コーヒーを淹れた秘書がお盆を手に戻って来ると、社長室へ入って行った。

「誰にも内緒だぜ」

と、安西は言った。

「分ってるわよ」

「どうだい?　今夜、晩飯でも?」

「おごってくれる?　なら行くわ」

と、あかりは言った。

「よし、それじゃ六時半に〈D〉で」

近くのバーである。

「了解」

あかりは自分の席へ戻ろうとして、「――あ、そうだ。一つ教えてあげる」

「何だい？」

「私ね、明日から社長の秘書じゃなくなるの」

「異動かい？」

「私、明日からは寿男専務の秘書になるのよ」

と、あかりは言った。「社長の命令でね」

安西は目を丸くして、

「本当かい？　じゃ――」

「今度の旅行に、私もついて行こうかしら。どう思う？」

5　高原ホテル

車はゆっくりと山腹の曲りくねった道を辿《たど》っていた。

「いいお天気だ？　最高！」

と、加賀ひとみは窓から見える山並と湖の青さに感動していた。「ね、パリ、そう思わない？」

子猫のパリは、シート一つ分しっかりもらって、ウトウトしていた。

サロンカー。——大型バスの大きさに、十五人ほどしか乗らない。

動くリビングルームのような豪華なバスだった。

「楽だな、こういうバスだと」

と、片山がため息をつく。

「何より、中で食事ができるっていうのが最高ですね！」

と言ったのは石津《いしづ》刑事で、

「ニャー」

と鳴いたのは、もちろんホームズである。

晴美は、バスの一番後ろのスペースに特別に入れてもらったベッドで寝ている加賀涼子のそばへ行くと、

「どう？　脚は痛まない？」

と訊いた。

「ええ、大丈夫です」

と、涼子は微笑んで、「私のためにゆっくり走ってるんでしょ？　申し訳ないです」

「ゆうべはちゃんと寝られた？」

「ええ、ぐっすり」

ゆうべ夜遅くに出発して、一晩、バスの中で寝たのである。

「こんな旅行……。夢みたい」

と、涼子は言った。「甘えてたら、罰《ばち》が当りそうで怖い」

「涼子さんは、充分苦労してるわ。これはごほうびよ」

「だといいんですけど……」

「何か心配ごと？」

涼子はちょっとためらってから、

「私って……悪い予感だけよく当るんです」

と言った。「これから行くホテルで、何か起りそうな気がして……。すみません、変なこと言って」

「いいのよ」

と、晴美は言った。「うちも同じ。私と兄とホームズが行くところ、事件あり、ってね」

「何かありそうですか？」

「さあ……。でも、捜査一課の刑事と、名探偵猫がいて、しかも片山晴美がついてる！あなたは何も心配しないで」

「はい」

と肯いて、「あの……ひとみのこと、よろしく。あの子、割と無茶するので」

「ひとみちゃんには、心強いボディガード、石津さんをつけとくわ。頼りがいがあるでしょ？」

「でも、そんな……。申し訳ないです」

「体は大きいけど、優しいのよ。ただ――ちょっと猫は苦手だけど」

「まあ」

「ホームズには大分慣れてるけど、パリはまだ初対面ですものね」

「ああ……」

涼子は広く作られた窓から、遠い山の景色を眺めて、息をついた。「いつまでも……このままでいてほしい……」

すると、交替制で二人乗っているドライバーの一人がアナウンスで、

「あと三十分ほどで、ホテルに着きます」

と言った。

片山はホームズと顔を見合せて、

「大丈夫だろうな？　ホテルは平和だろ？」

と言った。

もちろん、いつもそう祈っても、叶えられないことが多いと分ってのことだったが……。


バスを降りたとたん、加賀ひとみが笑い出した。

「どうしたの？」

と、晴美が訊くと、

「だって……ホテルの名前が……」

白亜のモダンな建物の正面に、金色の文字が。――〈高原ホテル〉とあった。

「あら、分りやすいわね」

と、晴美は笑って言った。

制服姿のホテルの従業員が二人、駆けて来て、

「奥のベッドごと、下ろします」

「よろしく」

と、片山が言った。「やあ、風が気持いいな!」

ホテルの正面玄関から、明るい色のスーツの女性が出て来ると、

「いらっしゃいませ」

と、会釈した。「辻川寿男の秘書、宮前あかりと申します」

「やあ、ご苦労さん」

と、寿男が言った。「秘書になって早々にすまないね」

「いいえ。私も空気はたっぷりいただいています」

と、宮前あかりは微笑んで、「友世様、お疲れでは?」

「いいえ、大丈夫。ともかく、皆さんを一旦お部屋に」

「はい、お任せ下さい」

手配は確かで、すぐにボーイが何人も出て来て、それぞれの荷物を台車に載せた。

「今、ちょうど十二時ですから」

と、宮前あかりが言った。「十二時半に、昼食をご用意しておりますので。このロビ

ーにおいで下さい。――涼子さんは車椅子がお部屋に」

「へへ、思い切りスピード出してやる」

と、ひとみが言って、

「やめてよ！　人を怖がらせて」

と、涼子が本気で怖がっている。

「あ、パリを忘れるところ。おいで」

と、子猫を自分のポシェットに入れる。

「やあ、すてきな所だ」

と、千葉が言った。

「本当ね」

礼子が夫の腕を取って、「ゆっくり休めそうだわ」

二人の子供、和也《かずや》と安奈《あんな》は先にロビーへ駆け込んで、ソファで飛びはねている。

「千葉さんの所は、二つベッドルームのあるスイートですから」

と、宮前あかりが言った。「ゆっくり寛《くつろ》がれて下さい」

片山たちは、石津と片山、晴美とホームズに分れて、二部屋だった。

「あら、ホームズ、どうしたの？」

エレベーターへ行こうとすると、ホームズが一人、ロビーの方へと離れて行った。そして、ロビーのソファにフワリと飛び乗ると、そこで丸くなってしまう。

「放っとこう。どうせ後で昼食に下りて来るんだ」

と、片山が言った。

「そうね……」

晴美はちょっと気になったが、片山たちと一緒にエレベーターに乗った。

一方、ホームズはソファで丸くなりながらも目を開けて、忙しく立ち働くボーイたちを眺めていたが……。

「もしもし」

宮前あかりが、ケータイを手に、フロントから離れてロビーの奥へと入ると、「――私よ」

「やあ」

相手は安西である。

「さっき、バスが着いたわ」

と、あかりは言った。「大人数よ。千葉さんご夫妻も一緒だしね」

「刑事も来てるんだろ?」

「ええ。それに、友世さんを助けて車にはねられた子と、その妹」

「相当な出費だな」

と、安西は言った。

「あなた、今どこにいるの？」

「休暇だよ、僕も」

「それは分ってるけど」

あかりはソファに軽く腰をかけると、少し声をひそめて、「今、このホテルの近くにいるんでしょ。――違う？」

と訊いた。

安西はちょっと笑って、

「どうかな。――その内、分るさ。また連絡するよ」

と言うと、切ってしまった。

あかりがフロントの方へ戻ろうとすると、

「宮前さん」

と、ベルボーイの一人が小走りにやって来た。

「どうかした？」

「あの――何だか妙な男がホテルの入口辺りをウロウロしてるんですけど」

「どんな男？」

「さあ……」

「それぐらい、ちゃんと対応してよ」

と、文句を言ったが、あかりは、ともかく外へ出てみることにした。

「どこ？」

「表の通りへ出る辺りです」

〈高原ホテル〉は正面玄関の前に広いスペースが取ってある。むろん、車寄せでもあるが、花壇もあって、外から見ても楽しめるような作りになっているのだ。

あかりは、表の歩道へ出る辺りまで行ってみた。

男が立っている。——まだ若い、おそらくあかりと同じくらい、二十七、八という印象である。

白い上着に、黒っぽいズボン。服装はきちんとして、怪しげではなかった。

長身で、少しぼんやりした感じで立っている。

「あの——」

と、あかりは声をかけた。「当ホテルに何かご用が？」

男がゆっくりとあかりを見た。

青白い、細面の彫りの深い顔。そして、どこか暗さを感じさせる目が、あかりを見つめる。

「あの……」

と、あかりが言いかけたとき、突然男はその場に崩れるように倒れた。

あかりはびっくりして、

「大丈夫ですか！」

と、駆け寄った。

手首の脈を取ったが、しっかりしている。

どうしよう……。

そこへ、さっきのボーイが駆けつけて来て、

「宮前さん……」

「急に倒れちゃった。ね、誰か呼んで来て。ともかく、ホテルの中に運んでちょうだい」

「分りました」

救急車を呼ぶにしても、このホテルまで、すぐにはやって来ない。ともかく少し様子をみようと思った。

ボーイ二人で、その男をホテルの中へ運び込むと、

「どうしましょう？」

「じゃあ……どこか空《あ》いてる部屋」

あかりは、パソコンを覗いて、シングルの部屋が一つ空いているのを見ると、そこへ

運ぶように言って、カードキーを打ち出した。

「ベッドに寝かせて」

と、あかりは言って、「後はいいわ。私がやるから」

「はい」

ボーイたちは厄介《やっかい》なことが片付いてホッとした様子で出て行った。

「どうなってるの……」

相手は若い男だ。服を脱がせるのも気が進まなくて、そのまま寝かせておくことにした。

革靴だけを脱がせて床に置く。

部屋の明りで見ると、もう少し年齢がいっているかと思えた。三十代の半ばくらいか。

ちょっとためらったが、上着のポケットを探ってみた。――何も入っていない。

財布もカード入れも、何もないというのは妙だった。身なりはいいし、靴もイタリアの有名ブランドだ。

そっと額に手を当てたが、特に熱くない。息づかいはごく自然で、特に具合悪そうでもなかった。

「いいわ。――ともかく様子を見て……」

今は他に仕事があった。

宮前あかりは、明りを消して、部屋を出たのだった。


その男は、大分前からアパートの近くをウロウロしていた。

スーパーに買物に行った安田房子《やすだふさこ》は、戻って来たとき、またその男を見かけた。

厄介ごとに係るのはいやだが、房子はこのアパートでも古顔だ。少々責任感もあった。

「ちょっと」

と、声をかけると、その男はギクリとして、

「あ、どうも……」

「さっきから、このアパートを見てるけど、何か用なの？」

六十歳の房子には、怖いものもない。

「いえ、別に……」

「じゃ、うろつかないで。一一〇番されるわよ」

少々きつい言い方かとも思ったが、相手は相当くたびれたコートに、無精ひげで顔もはっきりしない、一見してちゃんと働いているとは思えない男だったから仕方ない。

「すみません」

男は意外に素直に謝って、「別に怪しい者じゃありません。ええ、確かです」

早口で、モゴモゴとした話し方。――房子は、ふと首をかしげて、

「あんた……もしかして、このアパートにいたことある?」

と訊いた。

「はあ……」

「ああ! 森川さんね!」

男は恥ずかしそうに、

「さようで」

と、ペコンと頭を下げた。

「びっくりした! どこへ行ってたの? 急にいなくなって、奥さん、必死で捜してたのよ」

「いや、それは……」

と、男は口ごもって、「色々ありまして……。申し訳ないとは思ってたんですが……」

「生きてたの。——二人もお子さんがいるのに、どこかへ行っちゃうなんて」

「はあ……。それで、元の部屋へ行ってみたんですが、表札に何も入ってなくて、空っぽのようですし……。礼子たち、どこかへ引越したんでしょうか」

森川はおずおずと訊いた。

「そうか。何も知らないのね。——今、奥さんも子供さんたちも、幸せになってるわよ」

「新しい人と一緒になってね。とてもお金もあって、立派なビジネスマンよ」

「は？」

森川は呆然として、

「礼子が……再婚したんですか」

「邪魔しちゃいけないわ。お子さんたちのことを考えるなら、そっとしておいてあげなさい」

房子の言葉は、森川の耳に入っていないようだった。

「礼子が……」

と、呟くようにくり返しているばかり。

「じゃ、そういうことだから」

と、房子は言って、「買物に冷凍食品があるから、急いでしまわないと。失礼」

房子はショッピングカーを引いて、森川へ背を向け、アパートの入口へと歩き出した。

森川が目を上げた。――別人のような、ぎらつく目になっていた。

「畜生……」

と、震える声で言うと、「畜生！」

と叫んで、房子の後ろから襲いかかった。

「礼子の奴！　――あいつめ！」

誰も通りかからなかった。

森川は烈しく喘《あえ》ぎながら立ち上った。

ショッピングカーは引っくり返り、房子は道の端にうつ伏せに倒れていた。

森川は我に返ったように、周囲を見回した。

手が震えている。——房子が血を吐いていた。目は開いていたが、うつろだった。

殺してしまった。

森川は、房子のポケットから財布を抜き取ると、中の札を取り出し、ズボンのポケットへ押し込んだ。

財布を投げ捨てると、森川は、よろけるように歩き出した。


「お姉ちゃん、寒くない？」

と、ひとみが言った。

「うん、大丈夫」

加賀涼子は車椅子で、テラスに出ていたが、「じゃ、もう入ろうか」

「うん」

ひとみが車椅子を押して、部屋の中へ入れる。

「私、自分で車椅子、動かせるわよ」

と、涼子は言った。

「いいよ。私、押すの好きだもの」

と、ひとみはテラスへの扉を閉めて、「お姉ちゃんの面倒みられるなんて、そうないことでしょ」

「意地悪しないでよ」

と、涼子は笑って言った。

「でも——あの辻川さんって、いい人で良かったね」

「そうね……」

涼子は少し考えて、「でも、赤の他人なのよ。いつまでも甘えてちゃいけないわ」

と言った。

「分ってる」

「脚が治ったら、また働くけど、あんたもそのつもりでね」

「大丈夫だよ。何なら、中学出たら働いてもいい」

「何とか高校は行かせてあげたいけど……。場合によってはね」

「うん」

ひとみは時計を見て、「あ、もうランチの時間だよ。行こうか」

「パリはどうした？」

「ええと……」

見回して、ひとみは笑い出した。

広いベッドの上、ど真中に、小さな猫がスッポリとおさまっていたのだ。

6 殺意の記憶

「子供たち、アッという間に寝ちゃったわ」

と、礼子は言った。

「そうか。疲れたんだろうな」

千葉は伸びをして、「お風呂ではしゃぎ過ぎたんじゃないか？」

「お腹も一杯だったでしょうしね」

——〈高原ホテル〉での第一夜である。

昼食の後は、このホテルの近くを散歩して、二人の子供、和也と安奈は駆け回っていた。

そして夕食。二人で一緒にお風呂に入った。

パジャマに着替えているときは、もうひっきりなしに欠伸をしていて、ベッドに潜り込むのとほとんど同時に眠ってしまったのだった。

「まだ九時を少し過ぎたところね」

と、礼子が言った。

「少しのんびりしよう」

スイートルームで、ベッドルームが二つある。

子供たちの寝ている方の明りを消すと、礼子は千葉と並んでソファに座った。

「何か飲むか」

「私、アルコールは……」

「じゃ、眠くならないようにコーヒーでも飲もう」

と、千葉が言って、礼子に軽くキスした。

「ハネムーンだからな」

「いやね」

礼子がちょっと頬を染める。

ルームサービスでコーヒーを頼み、待っている間、千葉がTVを点《つ》けた。

「プロ野球の結果が見たいんだ」

「どこのファンなの？」

「どこ、って言うか……弱いチームが好きなんだ」

「変なの」

と、礼子は笑った。

二人とも、風呂をすまして、ガウンをはおっていた。

すぐにコーヒーが来て、飲んでいると——。

「あら」

と、礼子がＴＶを見て、「私のいたアパートじゃないかしら」

見憶えのある建物だった。

「何かあったのか？」

「事件が……。まあ」

礼子は目を見開いた。

「殺されたのは安田房子さん、六十歳と分りました……」

「やっぱり！　安田さんだわ」

「同じアパートの人？」

「ええ……。色々お世話になったの。いい人だったのに……」

ニュースは、財布から現金がなくなっており、金目当ての犯行ではないかと見られている、と告げていた。

「それなら、お金だけ盗《と》って行けばいいのに……」

と、礼子は呟いた。「何も殺さなくたって……」

「気の毒だな」

と、千葉は肯いて、「しかし、今はどうしようもないよ。東京へ戻ったら、お線香をあげに行こう」

「ええ、そうね。あなたも行ってくれる？」

「もちろんだ。君が世話になった人ならね」

「ありがとう。――優しいのね」

礼子は、千葉の手に自分の手を重ねた。

「君が優しい人だからさ」

ＴＶは他のニュースになっていた。礼子はリモコンを取ってＴＶを消すと、

「今夜は……あなたと私だけのことを考えてればいいわね」

「ああ。子供たちは目を覚まさないさ」

礼子は千葉の胸に身を寄せて、

「もしかしたら……」

「何だい？」

「いいえ。いいの」

礼子は自ら千葉にキスして、そのまま身をあずけた。

――今夜、もしかしたら身ごもるかもしれない。礼子には、そんな予感があった……。

同じ予感を抱いていたのは、辻川友世だった。

早々と入浴をすまし、友世は先にベッドに入っていた。

夫の寿男がバスローブをはおってやって来ると、

「少し涼む？」

「まあ……。そう暑くもないよ」

寿男はベッドにかけると、「どうせ、これから汗をかきそうだしね」

友世はちょっと笑って、

「無理しないでね」

と言った。

「目が、『無理してくれ』って言ってるぞ」

「正直に言うとね」

寿男もベッドへ入って来た。

「明りを消す？」

「いや、明るくてもいいさ。君をゆっくり眺めたい」

「でも、こんなに明るくしなくても……」

「じゃ、少し明りを落とそう」

寿男は、手を伸して室内灯を半分にした。

「充分だわ」

友世は寿男を抱き寄せた。

ドアの下の隙間から洩《も》れる明りが、フッと暗くなった。

ちょうど辻川寿男と友世の部屋の前を、宮前あかりは通っていたのだ。

「夫婦の時間ね……」

と、宮前あかりは呟いた。

廊下には部屋の中の音は洩れて来ない。静かだった。

エレベーターでロビーへ下りると、フロントに、

「お疲れさま」

と、声をかけた。「もう、今日チェックインされるお客様はないわね」

「はい、皆様、入っておられます」

あかりは肯いて、正面玄関の外の暗がりへ目をやった。

そして――思い出した！

あの、表で倒れていた男のことを、すっかり忘れていた。

あかりは、男を寝かせておいたシングルの部屋へと急いだ。

ドアをノックして、

「起きてますか？」

と、声をかける。

返事はなかった。

あかりはマスターキーでロックを外すと、

「失礼します……」

と、ドアを開けた。

目に入ったのは、空になったシングルベッドだった。

あかりはバスルームも覗いたが、あの男の姿はなかった。

「やれやれだわ……」

お礼のひと言でも言って行ったのだろうか？　それとも、勝手にフラリと出て行ったのか。

まあいい。放っておこう。どこの誰かも分らない男をタダで泊めたら、後で責任問題になるかもしれない。

いなくなっていてくれて、助かった、と言うべきだろう。

「でも、妙な人だったわね」

と、首をかしげて、「どこをふらついてるんだろう？」

安西は、〈高原ホテル〉が見える辺りに車を停めていた。

どこの部屋に誰が泊っているのか、安西はちゃんと調べていた。

あれが……。あそこが辻川寿男と友世の泊っている部屋だ。

明るかった窓が、フッと暗くなる。

「まだ早いぜ」

と、安西は車の外で、車にもたれて立っていた。

今ごろ、友世の体を、あの得体の知れない男が好きにしていると思うと、嫉妬の炎が安西を呑み込もうとしていた。

「今に見てろ……」

と、安西は呟いて、車に乗り込んだ。

エンジンをかけ、車を出すと、安西は自分の泊っているホテルへと向った。

夜になると、車もほとんど通らない。

多少やけになっていることもあって、アクセルを踏んでスピードを上げた。

ゆるいカーブだ。スピードを落とさずにそのまま曲った。

正面、ライトの中に、人の姿が浮かび上った。——え？　何だ？

まさか、こんな所に……。

その男は道の真中を歩いていたのだ。男の背中が目の前に——。ブレーキを踏んだ。

しかし、とても間に合ない！
ドシン、というショックがあって、男の体は車の傍へとはじき飛ばされていた。
車は停った。
安西は、血の気がひいて行くのを感じた。
「嘘だ……。幻だ」
と、自分に言い聞かせるように呟く。
しかし、それが幻でないことは分っていた。
「畜生！」
何てことだ！　こんな所で。
そうだ。俺のせいじゃない。あんな所を歩いてる奴が悪いんだ。
安西はエンジンを切った。――急に辺りが静かになる。
しばらく動けなかった。やっと車の外へ出たのは、十分近くたってからだった。
あの男は？　道を戻って行く。
だが……はねたはずの男の姿は見当らなかった。
「やっぱり幻だったのか？」
あのスピードではねたのだ。無事ですむわけがない。
しかし、どこを見渡しても、男の姿はなかったのだ。

「よし。——忘れよう」

と呟く。

何もなかったんだ。そうだ。

汗をかいているのに気付いて、汗を拭いた。

「夢でも見たのかな……」

少しふらつきながら車へと戻った。

車の前のボディを見た。——確かに一部がへこんでいるが、人をはねたと分るほどでもない。これくらい、どこかにぶつければへこむだろう。

「行くんだ……」

何度か深呼吸をして、エンジンをかける。

ハンドルを握る手に汗がにじんでいた。

安西は、泊っているホテルまで、ノロノロと車を走らせた。そう距離はない。

ホテルの正面につけると、ボーイがやって来た。

「お帰りなさいませ」

「ああ」

「車を駐車場へお入れしましょうか」

そう言われると、任せる気がしなくて、

「いや、自分で入れるよ」

「さようでございますか。3番が空いております」

「分った」

と、安西は肯いた。

「お客様、おやすみですか？」

と訊かれて、

「何だって？」

「あの——後ろの座席のお客様です」

振り返って、安西はあの男が後部座席で横になっているのを見て愕然《がくぜん》とした。


ロビーに出た片山は、車椅子の加賀涼子の姿を見て、

「やあ」

と、声をかけた。

「あ、片山さん……」

涼子はパジャマの上にカーデガンをはおっていて、「こんな格好で……」

「いいじゃないか。一人？」

「ええ。ひとみはもうグーグー寝てます」

「君はどこに行くの？」

「どこってわけでも……。ただ、何もしないでいい時間なんて、本当に久しぶりな気がして……。すぐ眠るのが惜しくって」

と、涼子は言った。

「そうか」

「私って変ですよね」

と、涼子は恥ずかしそうに笑った。

「いや、そんなことないさ。僕も同じだ」

「片山さんも？」

「何もすることがないし。石津はガーガー寝てるし。すぐ寝るのが惜しくてね」

「まあ……」

涼子は嬉しそうに言った。「片山さんも変ってる」

「そうかもしれないね」

と、片山は笑って、「まだそんなに遅い時間じゃないんだよね。——そこのラウンジが開いてる。何か飲むかい？」

「はい……。でも、こんな格好で」

「大丈夫さ」

片山も、パジャマではないが、ジーンズにセーターだった。

「いらっしゃいませ」

ラウンジには、他に客がいなかった。

片山は涼子の車椅子を押して、奥のテーブルについた。

「僕はコーヒーを。涼子君は？」

「私……アイスクリームあります？」

と、涼子はおずおずと言った。

ロビーが見えている。都心のホテルとは違って、静かだった。

「こんなことって……」

と、涼子が呟いた。

「心配かい？」

「いえ……」

「晴美が言ってたよ。君が悪い予感がすると言ってた、って」

「そうなんです。——今まで、あんまりいいことがなかったせいかな」

「君はまだ二十歳だろ。本当なら、青春を楽しむ時期だよ」

「TVドラマみたい」

と、涼子は運ばれて来たアイスクリームを一さじなめて、「——甘い。でも、ひと口、甘いものを味わったら、その三倍くらい苦い味がやって来るような気がして」

「僕は刑事だから、色んな犯罪を見て来た」

と、片山はゆっくりコーヒーを飲んで、「君のように、幸せになるのが悪いことだと思ってる人もいたよ。確かに、辛いことばかり続くと、自分がそう生まれついてると思ってしまうことがある」

「ええ……。でも、もっともっと不幸で、苦しい思いをしてる人もいるんですよね。

――私、このけがの代りに、こんなすてきな旅をさせてもらってるんだ、って自分に言い聞かせてるんですけど、マイナスに比べて、プラスが大き過ぎるのが怖いんです」

「それはたまたま辻川さん夫婦が君と係ったからだよ」

「ええ……。でもあの人も……」

「あの人って？」

「辻川寿男さんです。ご主人の方」

「彼がどうかした？」

「いえ……」

涼子はアイスクリームを黙って食べていた。

片山は涼子が何か内に秘めた思いをじっと抱え込んでいると感じた。

アイスクリームを食べ終えると、

「おいしかった」

と、息をついて、「私……人を殺したいと思ったことがあります」

と言った。

「誰を？」

「父です」

「ああ。――行方が分らないっていう」

「ええ。十年前に出て行ったきりで……。父のせいで、母は必死に働かなきゃいけなくて。そして無理がたたって死んじゃった。父が憎くてたまりませんでした」

「その気持は分るよ」

「ひとみは、まだ五つでしたから、父のこと、ほとんど憶えてないと思うんです。でも私は十歳だったから……」

「お父さんを捜してみたことは？」

「いいえ。だって、毎日食べていくのがやっとで。母が仕事で大変だから、私もできる限り家のことをやってましたし。――父を捜してる余裕なんか、とても……」

「それはそうだね」

と、片山は肯いた。

「それに今さら見付けたって……。今から殺すわけにもいかないし」

「まだ憎んでる?」

「もちろんです。でも、殺せば私だって、ただじゃすまないし。ひとみを一人にするわけにもいかないし」

「何か君にいい仕事を見付けてあげられるといいがね」

涼子は微笑んで、

「片山さんのお嫁さんにしてもらってもいいんですけど」

「それは……まあ……」

「冗談です」

と、涼子は笑った。

「大人をからかっちゃいけないよ」

と、片山は苦笑した。

「片山さん……」

涼子は真顔になった。

「何だい？」

「辻川寿男さんですけど……」

「あの人が何か？」

「あの人……私のお父さんです」

7　身許不詳

「こんなに遅い朝ご飯なんて！」

と、加賀ひとみが楽しそうに言った。

「そうね」

涼子はトーストにバターをていねいに塗って、「厚切りのトーストっておいしいわね。お客様にはお出しするけど、自分じゃ食べたことない」

食堂には、やはり「遅い朝食」の面々が揃《そろ》っていた。

片山たちは、石津も含めて午前九時に食べ始めていたので、今はもうコーヒーだけ飲んでいた。

今は午前十時。——申し合せたように、千葉と礼子、そして辻川寿男と友世が入って来た。

「おはようございます」

と、挨拶《あいさつ》を交わす礼子と友世は、互いに少し照れて目をそらしていた。

「おはようございます」

食堂へ入って来た宮前あかりが、中央に立って言った。「本日は昨日と同じバスで、この近くの湖へご案内したいと思っておりますが、よろしいでしょうか」

「任せるよ」

と、辻川寿男が言った。

「よろしく」

と、千葉が肯く。

「では、ゆっくり朝食を召し上って下さい。お昼前に出発したいと思います。今日はとても爽《さわ》やかな天気のようです」

あかりはそう言って、一礼すると、食堂から出て行った。

「朝食食べないのかな」

と、ひとみが言うと、

「馬鹿ね。もうとっくに食べてるのよ」

と、涼子が言った。

涼子がふっと片山の方へ目をやる。片山も涼子を見て、目が合うと涼子はすぐに目をそらした。

「——お姉ちゃん」

と、ひとみが言った。「ゆうべ、私が寝てから出かけた?」

「え?」

「何だか……。夜中にお姉ちゃんが帰って来たみたいで。夢だったのかな?」

「ロビーに行ってたのよ。でも夜中までなんていないわよ」

「眠った後はずっと夜中なの」

と、ひとみは言った。

——片山は、涼子が穏やかにトーストを食べている姿を眺めていた。

辻川寿男が涼子たちの父親。涼子も、「そう思った」と言うだけで、確信はないようだった。

何といっても、いなくなって十年たっているのだ。涼子も変っているだろう。

そして、涼子たちの名前にも、何の反応も見せなかったということは、よく似た別人ということなのかもしれない。

しかし、涼子は、ホテルの前でけがをして倒れているとき、やって来た辻川寿男を見て、

「あ、お父さん」

と思ったのだという。

父は寿男のような、スマートで立派なビジネスマンではなかった。だから、「他人の

空似《そらに》」かもしれない。

それでも、涼子は最初見たとき、父親だと思った、自分の直感を捨て切れなかったのだ……。

フロントの男性が食堂へ入って来ると、千葉たちのテーブルへ歩み寄って、

「千葉様宛てにファックスが入っております」

と、封筒を渡す。

「ああ、ありがとう」

「仕事の話？　それなら放っといて」

と、礼子が言った。

「ファックスってのは……。急ぐならメールで来るだろう」

封筒から取り出したファックスを広げて、千葉は目を見開いた。

「——まさか！」

「どうしたの、あなた？」

「いや……。ちょっと意外な人からで」

「誰から？」

千葉はファックスをテーブルに置くと、

「千葉光男《みつお》からだ」

「千葉光男？　──それ、誰？」

「いつか話したろう。典子の弟だ」

「まあ」

礼子もポカンとして、「あの……行方不明だった？」

「そうらしい。──いや、当人だと書いてある」

そばのテーブルだった片山は、それを聞いて、

「失礼ですが」

と、声をかけた。「典子さんに弟さんがいたんですか」

「いや、僕も会ったことがありません」

と、千葉は言った。「十代のころ、『世界を見て来る』と言って、フラッと出かけて行ったそうです。そして、一年ぐらいは手紙が来ていたようですが、アフリカのどこかで消息を絶って……。もちろん、色々調べたそうですが、結局何の手がかりもなかったと聞きました」

「それきり何も？」

「典子も、どこかでライオンに食べられちゃったのかも、なんて言っていましたが……。ともかく……たぶん十数年はたっているでしょう」

「そのファックスはどこから？」

「分りません。ともかく、自宅と会社へ連絡してみます。このホテルにいると知っているのですから、どこかへ連絡しているでしょう」

「あなた……」

「心配いらない。僕らには関係ないことだよ」

千葉は礼子の手を軽く握って、「先に戻ってる。ゆっくり食べなさい」

と、席を立って行った。

「さ、二人ともちゃんと食べて」

礼子は、和也と安奈にそう言ったが、自分は、コーヒーを飲むだけで、食欲は失せてしまったようだった。

「どうなるのかしら」

と、晴美が小声で言った。

「さあ……。法的にはどうなるのかな」

片山にもよく分らない。「ともかく、本人かどうかの確認をしなきゃならないだろうな」

そうだ。——辻川寿男が本当に涼子たちの父なのかどうかも。

一人の人間が「間違いなく」その人物だと確かめるのは、そう簡単なことではない。

しかし、涼子はゆうべの話を、

「他の人に言わないで下さいね」

と、片山に約束させた。

今、幸せそうな辻川寿男と友世に、自分の直感だけで迷惑をかけたくない、と思っているのだ。

しかも、こうして妹ともども旅行にまで連れて来てくれている。涼子は、寿男と友世のその親切は全く疑っていなかった。

「ともかく——」

と、片山は言った。「成り行きを見てるしかないさ、差し当りは。——な、ホームズ?」

テーブルの下で、ホームズはミルクをなめていた。そしてパリも小さなお皿に入れたミルクをはね飛ばしながら、せっせとなめていた……。

「まあ……。こんなに静かで人のいない湖があるのね」

バスを降りて、辻川友世が感嘆の声を上げた。

「さあ、下ろすよ」

石津が涼子を抱き上げてバスから下ろすと、車椅子に座らせた。

「お姉ちゃん、花嫁さんみたいだ」

と、ひとみが言った。

「何言ってるの」

涼子は頰を染めて言った。「ほら、パリがどこかへ行っちゃうわよ」

「本当だ！　こら、あんまり水の方へ行っちゃだめだよ」

湖の方へ下る斜面を、子猫は面白がっている様子で、トコトコと下って行っていた。

ひとみがあわてて追いかける。涼子は笑って、

「放っといたら、パリまで行っちゃうかも」

と言った。

湖はそう大きくはなかった。少し大きめの池と言った方がいいかもしれない。

しかし、山間《やまあい》にひっそりと眠っているかのような、その静けさは、日本の観光地としては珍しかった。

「この辺は、少し上って来るので、めったに人が来ないんです」

と、宮前あかりが言った。「私もついこの間、初めて来てみて、びっくりしました」

付いて来たホテルの従業員が、平らな辺りにテーブルをセットして、軽いランチを用意した。

「優雅ね」

と、友世が言った。「まるでスイスにでも来たみたい」

千葉たちも、湖畔で楽しんでいた。

宮前あかりのケータイが鳴った。

「まあ、こんな山の中でもつながるんだわ。失礼します」

あかりは少し一人離れると、ケータイに出た。安西からだ。

「もしもし、宮前君か」

「今はちょっとまずいのよ」

と、あかりは小声で言った。「後でかけ直すわ」

「いや、それどころじゃないんだ」

「え？」

安西の声が、いつになく上ずっているのに気付いた。「どうしたの？」

「すまん。何とかしてくれ」

「何よ、出しぬけに……」

「車で、人をはねた」

あかりは言葉を失って、思わず他の面々の方を振り向いたが、誰もあかりの方を見ていなかった。

「待って。どういうこと？　今どこからかけてるの？」

「〈Pホテル〉だ」

「この近くじゃないの」

「ゆうべそっちの近くに行って、戻ろうとしたとき——。道の真中を歩いてたんだ! 本当だぜ」

「私に言いわけしないでよ!」

と、あかりは言った。「ともかく落ちついて事情を説明して」

安西が、はねた相手がいつの間にか車に乗っていたことを話した。そして、ホテルの人間の手前、「酔ってる」ことにして、自分の部屋に運ばせたこと……。

「そのときは、何でもなかったんだ。半分眠ってるみたいだったけど、訊くと、『何でもない。眠らせてくれ』と言って……」

「それで?」

「安心して、こっちも寝た。ツインルームで、ベッドが二つあったからね」

と、安西は言った。「ところが、今朝起きてみると、奴はぐっすり寝入ってて、まあいいかと思って放っといた。でもさっき、昼ごろになったんで起そうとしたんだけど、ちっとも起きないんだ」

「呆れた! すぐ病院に運ばなきゃ」

「それじゃ、僕がはねたことがばれちまう」

「だって——」

「今、そんなことに係ってられない。分るだろ？　大体、こいつ、身許の分るものを何も持ってないんだ。きっと、こいつもわけありで――」

「待って」

と、あかりは遮《さえぎ》った。「その人って――若い男？　若いっていっても三十代の」

「うん、たぶん。知ってるのか？」

「もしかすると、昨日〈高原ホテル〉の辺りをうろついてた男かもしれない」

「うろついてた？」

「どこか変だったの。――いいわ。今はホテルの部屋？」

「そうだ」

「そっちへ行くわ。ともかくそのまま死んだりしたら厄介でしょ」

「すまない。頼むよ」

と、安西はホッとした口調で言った。

「高くつくわよ」

と、あかりは言った。

通話を切ると、あかりは、辻川たちの所へ行って、

「申し訳ありません。会社から急な呼び出しが。先にホテルへ戻っていてよろしいでしょうか」

「ええ、大丈夫よ、ここは」

と、友世は肯いて、「じゃ、バスで戻ったら？　私たち、まだしばらくここにいるから」

「恐れ入ります。バスはすぐここに戻しますので」

あかりは運転手と二人、バスに乗って、〈高原ホテル〉へと戻って行った。

「――さあ、サンドイッチを食べよう」

と、寿男が促す。

みんながテーブルの周りに集まった。

ホームズは一人、少し離れてその様子を見守っていた……。

〈Pホテル〉の前でタクシーを降りると、宮前あかりはケータイで安西へかけた。

「もしもし？」

「宮前君か」

「今、ホテルの前よ」

と、あかりは言った。「ね、ここの人は私のこと知ってるのよ。入って行ったら、何の用か訊かれるわ」

「そうか。でも、何とかして来てくれよ。部屋は〈704〉だ」

「七階ね？　分ったわ」

あかりは仕方なく、〈Pホテル〉へと入って行った。

「ああ、宮前さん」

案の定、フロントの男に声をかけられる。

「こんにちは」

と、にこやかに返して、「ちょっと親戚の者が泊っているものですから」

「そうですか」

「お気づかいなく。ちょっと話があって」

あかりはエレベーターで七階へ上った。

「全く……。厄介な人」

と、つい安西のことをグチっている。

〈704〉はすぐに分った。

「ここね。――安西さん」

あかりがドアを軽く叩くと、少しして中からドアが開いた。あかりは中へ入って、

「どうしたっていうの？」

と言ったが……。

正面のソファに、安西が座っていた。いや、座らされていた。下着姿で、手足を縛り

上げられている。

「え?」

じゃ、ドアを開けたのは?

「声を立てるな」

と、あかりの背後で声がして、ドアが閉った。

「あの――」

「ゆっくり振り向け」

あかりが振り返ると、そこには確かにあの、男が立っていた。

「あんたか」

男はちょっと微笑んで、「ゆうべは世話になった」

「車ではねられたっていうのは――あなた?」

「ああ」

「そう……」

あかりは何とも言えなかった。――男が拳銃を手にして、銃口をあかりの胸に向けていたからだ。

「どういうことですか?」

と、あかりは言った。「安西さんをどうしようって……」

「こいつはただの人質さ。もちろん、身代金が取れるとは思っちゃいないがね」

「安西さん。——さっき電話に出たときはもう……」

「すまない」

と、安西は言った。「でも銃を突きつけられてちゃね」

「まあいいけど……。私をどうしようって言うんですか？」

「この彼氏の目の前で裸にしてやろうか？」

「この人、彼氏なんかじゃありません！」

と、あかりはつい反論（？）してしまった。

「ともかく、ベッドに座れ。大丈夫だ。何もしないから」

「あなたは……」

と、あかりは言って、「もしかして——千葉光男さん？」

男はちょっと眉を上げて、

「どうして知ってる？」

「やっぱり。——ホテルの千葉さんにあなたの名前のファックスが……」

「そんなものが行ってるのか。俺は知らないぜ」

「でも——光男さんなのね」

「そうだ。アフリカやインドや南米まで、旅をして戻ってみると、姉は殺されてた」

「でも、あなただって、こんなことして……」

「しかし、姉を殺した人間が、社長の椅子におさまってるのは許せない」

「千葉克茂さんのこと？　でも裁判で無罪になったのよ」

「知ってる。だが証言したのは、今の千葉克茂って奴の女房だろ」

「偽証だって言うの？」

「今に化けの皮をはがしてやる」

と、千葉光男と名のった男は言った。

「でも、それならこんなことしちゃいけないんじゃないの？」

「俺には事情があってな、警察には頼れないのさ」

「でしょうね……」

「どういう意味だ？」

「いえ、別に」

「宮前君、変なこと言わないでくれよ」

安西は、光男が気を悪くして発砲しないかと気が気でないのだ。

「まあいい」

光男はちょっと笑って、「こいつより、女の方が度胸が良さそうだ」

「怖いですよ、私だって」

と、あかりは言った。「でも、たぶんあなたは撃たないだろうと思って」

「そうだな」

光男は拳銃をポケットへしまったが、「あんたに頼みがある」

「何でしょう」

「自分の服は車にはねられたときに破れたりしてるんだ。こいつのを借りたが、何しろ寸足らずでね」

確かに、長身の光男は、ズボンなどやたら短くなっている。それに気付いて、あかりはふき出しそうになってしまった。

「笑うな」

「すみません」

「俺に合った服を一揃い買って来てくれ。これじゃ部屋から出られない」

「分りました。身長、サイズ、大体分りますけど」

「いちいち測らなくていい」

「じゃ、安西さんは——」

「あんたが戻って来たら、縄を解《ほど》いて、この服を返してやるよ」

と、光男は言った。

「承知しました。——代金は、後で払ってもらえるんですか？」

あかりがそう訊くと、安西がまた青くなった。しかし、光男は笑って、

「今は借りとく。後でちゃんと払うよ」

と言ったのだった……。


そのころ、〈高原ホテル〉に一番近い鉄道の駅——といっても大分遠いのだが——に、一人の男が降り立った。

あのアパートの前で、安田房子を殺して金を奪った森川誠二《せいじ》である。

大金ではなかったが、安い服を買って、ここまで列車に乗って来るだけのものはあった。

「さて……」

森川は駅前の案内図を眺めた。「——これか。〈高原ホテル〉……」

駅の改札口に立っていた女性の駅員に、

「〈高原ホテル〉にはどうやって行けばいいですかね?」

と訊いた。

「ああ……。あそこは送迎のバスとか出してないんですよ。ほとんど自家用車の人がお客なので」

「なるほど」

「タクシーがあります。バスだと、ずいぶん待ちますよ」

「そうか。ありがとう」

「いいえ。〈高原ホテル〉にお泊りですか？　すてきなホテルですよね」

愛想よく言ってはくれるが、森川としては「この格好で、そんな高いホテルに泊ると思うか？」と言い返したくなる。

しかし、悪い印象を与えると後でまずいことになりかねない。

森川はちょっと微笑んで見せ、もう一度案内図の前に立った。

正確な縮尺ではあるまいが、それにしても〈高原ホテル〉まではかなり遠いと思わなくてはなるまい。

タクシーが一台客待ちしていたが、〈高原ホテル〉まで乗ったらいくらかかるか……。ともかく手持ちの金で足りないことは明らかだった。

バス停に行って時刻表を見ると、一時間に一本しかない。しかも、行ってまだ五分ほどしかたっていなくて、次のバスまでは一時間二十分もあった。

「畜生……」

森川はそう呟くと、また案内図の所へ戻った。

遠いだろうが、道は一本で、迷うことはなさそうだ。

森川は、辛抱するのが苦手だ。じっと待つくらいなら……。

「よし」

思い切って、森川は歩き始めた。ともかく、この道をずっと歩いて行けば〈高原ホテル〉に着くはずだ。

「なに、少し歩いた方が腹が空いていいや」

強がりを言って、森川は足どりを速めた……。

8　集合

「いや、すばらしかった」

と、千葉克茂は〈高原ホテル〉のロビーへ入ると、宮前あかりに言った。

「喜んでいただけて、私も嬉しいです」

と、あかりは言った。「湖までお迎えに上れず、申し訳ありませんでした」

「いいえ、そんなこと」

と、礼子が言った。「本当にすてきだったわ」

辻川寿男と友世が腕を組んで入って来る。

「用はすんだのか？」

と、寿男が訊く。

「はい。大した用じゃなかったんです。お騒がせしてすみません」

「いや、のんびりさせてもらったよ」

寿男は千葉へ、「ラウンジでコーヒーでもいかがですか」

と、声をかけた。

「結構ですね」

二組の夫婦が、ラウンジのテーブルを囲む。

「――昼寝しようかな」

片山はロビーへ入って大欠伸した。

「ちゃんとゆうべ眠ったでしょ」

と、晴美が呆れて言った。

「日の光に当ると疲れるんだ」

「吸血鬼みたいだ」

と、加賀ひとみが笑って言った。

「ひとみ、失礼なこと言わないの」

車椅子の涼子がちょっと妹をにらむ。

「あ、お姉ちゃん、片山さんに気があるんだ」

「馬鹿言わないで」

「赤くなった！　ほらね」

「もう……」

片山は微笑んで見ていたが――。

片山のポケットでケータイが鳴った。

「何だろう？　――もしもし」

と、ロビーの隅の方へ行って、話していたが……。

晴美は、戻って来た兄の表情がこわばっているのを見て、

「何かあったの？」

「うん、ちょっと……」

片山は少し迷っていたが、「黙ってるのもな……」

「何よ」

「一緒に来てくれ」

片山は、千葉や辻川寿男たちのテーブルへと歩いて行くと、「――お話し中、すみません」

晴美とホームズも片山について来ていた。そしてホームズの後を追いかけて、小さなパリもトコトコとついて来た。

「何かありましたか」

と、寿男が言った。

「千葉礼子さん。あなたが前に住んでおられたアパートで……」

「あ……。安田さんが殺された事件ですか」

「ご存知でしたか」

「ニュースで見て、びっくりしました」

と、礼子は言った。「安田さんには色々お世話になりましたし……」

「そうですか」

「あの……それが何か」

「いや、捜査に当っている刑事から連絡があったんですが、アパートの他の住人が、男を見かけたというんです」

「男？」

「あなたが住んでいた部屋のチャイムを鳴らしたり、ドアを叩いたりしていたと」

「私のいた部屋を……」

「かなり苛《いら》ついている様子だったそうです。その住人は、何ごとかと思って、チラッとドアを開けて覗いたそうですが、その男は、『礼子、いないのか！』と怒鳴っていたそうで……」

礼子が息を呑んだ。

「まさか……森川が……」

「その可能性が大きいですね」

と、片山は言った。「その住人は、あなたの元のご主人を見たことがないそうで」

「でも……安田さんは知っていました」

「ええ。その男が諦めたようで、アパートから出て行って、間もなく、安田さんが殺されたんです」

礼子は青ざめて、千葉の腕をつかんだ。

「大丈夫か？」

「あなた！　私のそばにいてね！」

と、すがりつく。

「ああ。心配するな。君や子供たちのことは僕が守る」

「でも……森川がもし本当に……」

礼子は、水を思い切りガブ飲みして、息をついた。

「礼子さん。部屋へ戻る？」

と、友世が言った。

「ありがとう。大丈夫です」

と、礼子は背筋を伸して、「森川は私の夫じゃありません」

「礼子……」

「私たちは入籍していませんでした。もちろん、事実上結婚していたし、あの子たちも生まれましたけど、あの人は縛られるのはいやだと言って……」

「もう過ぎたことだ」

と、千葉が礼子の肩を抱く。「森川という男、見付かっていないんですか」

「今、捜索中です。それで、礼子さんに、もし心当りがあればと」

と、片山は言った。

「いいえ！」

と、礼子が激しく首を振って、「心当りなんかありません！」

「礼子。――落ちついて」

と、千葉がなだめて、「冷静に考えるんだ」

「――ごめんなさい。ショックで……」

と、礼子は胸に手を当てた。

「分ります」

と、片山は言った。「特に今思い付かなければ、もし何か思い出されたら……」

「ありがとうございます」

と、礼子は少し落ちついた様子で、「森川は……どうして安田さんを殺したりしたんでしょう」

「財布を盗んでいます。金も欲しかったんでしょう」

「それなら、何も殺さなくても……」

「全くです」

「以前から、カッとなると抑えのきかなくなる人でした。きっと今度も……」

と言ってから、「待って下さい。——確か森川には妹がいます」

「妹ですか。東京に？」

「ええ。私の知っている限りでは」

と、礼子が肯いて、「一回会ったことがあるだけで、顔もよく憶えていませんが。——結婚していて、丸山《まるやま》とか……そんな名だったと思います。そう、丸山ゆずるといったと思います」

「分りました。ありがとう」

「会ったときは、どこだかの公団住宅に住んでいたようです」

と、礼子は言った。

「それだけ分れば調べがつくでしょう。早速当ってみます」

片山はメモすると、すぐにラウンジを出て行った。

「——心配ですね」

と、辻川友世が言った。「何かお力になれることがあれば、おっしゃって下さいね」

「ありがとう……。でも、ここにいれば却《かえ》って安心ね」

と、礼子は言った。「森川がここを知ってるわけはないし……」

「そうだ」

千葉が礼子の手を取って、「片山さんたちもいる。ここが一番安全だよ」

と言った……。


「畜生！」

もう何度そう言ったことだろうか。

森川は、〈高原ホテル〉への道を歩き出して二十分余り、いい加減息を切らしていた。

確かに、あの駅前の案内図に嘘はない。ただ、道が「ずっと上り坂」だとは、どこにも書かれていなかった……。

緩い上りだが、二十分も続くと相当にきつい。といって、今さら駅へ戻るわけにはいかない……。

「ああ……。全く！　あとどれくらいあるんだ？」

誰もいないのに一人芝居のようなことをやっていると——。

小型車が一台、森川の背後から走って来て、追い越して行ったが……。

その小型車が停ると、バックして来たのである。

「歩いて行くつもりですか、〈高原ホテル〉まで」

と、その女性が言った。

「あんたは……」

と、森川は言いかけて、「ああ！　駅の改札口の所にいた駅員だな」

制服を脱いでいると、なかなか分らないものだ。

「〈高原ホテル〉のことを訊いておられて、それからこの道を歩いて行かれるのを見たので、大変だなと思ってたんです……」

「いや、あの案内図じゃ、こんな上り坂だとは書いてないからな」

「そうですよね」

と、女は笑って、「勤務が終って、帰るところなんです。乗って行きます？」

「しかし……いいのかい」

と、森川は言いながら、もちろん内心、ホッとしていたのである。

「どうせ、同じ道です。ただ、〈高原ホテル〉の少し手前で道が分れますけど、そこからは平らな道で、すぐですから」

「じゃあ、お言葉に甘えよう」

森川は助手席に乗った。――小さい車で、少々窮屈だが、歩くよりはずっとましだ。

「――助かったよ」

車が走り出すと、森川は言った。「正直、どうしようかと思ってたんだ」

「ええ、当然です。ずっと上りの道ですからね」

「僕は森田《もりた》だ」

と、森川は言った。

「五十嵐秋代《いがらしあきよ》といいます」

と、女はハンドルを握って、「駅の仕事は臨時雇いなんです。人手がなくて、今は……」

四十前後だろうか。少しふっくらとして色白な、落ちついた印象の女性である。

車は、山を巻くように上って行く。森川は改めてゾッとした。――この車が拾ってくれなかったら、途中で倒れていただろう。

「歩いたら大変ですよ」

と、森川の気持を察したように、五十嵐秋代は言った。「車だと二十分くらいのものですけどね」

「ああ、本当だ」

森川は肯いて、「助かったよ！」

と、もう一度言った。

前より、さらに実感がこもっていた。

――それきり、あまり話もせずに、車はただ山道を辿っていた。

やがて車はスピードを落として停った。

ずっと走って来た自動車道路から、細い脇道が一本分れている。

「――私の家は、この細い道の先なんです」

と、五十嵐秋代は言った。「〈高原ホテル〉は、この広い道を行けば、自然に着きます。歩いて十分くらいですね」

「そうか。――ありがとう」

と、森川は言って、助手席から外へ降りた。「本当に……。とても無事に着かないところだった」

「お気を付けて」

「ありがとう。――礼もできなくて、すまんね」

「とんでもない。ついでですもの」

と、秋代は会釈して、「では……」

「どうも」

車が細い道へと入って行く。

森川は、息をついて、広い道の先へと目をやった。――この先に〈高原ホテル〉がある。

礼子の奴が、千葉とかいう男とベッドで抱き合っているのだ。

「許さないぞ！」

と、吐き捨てるように言うと、森川は歩き出した。

しかし――じきに足は止った。

このままノコノコと〈高原ホテル〉へ入って行ったらどうなる？　ホテルの従業員も、他の客もいる。

そうだ。暗くなるまで待たなければ。

だが、正直、森川は怒りに任せてやって来たものの、礼子をどうするのか、殺すといっても、刃物一つ持っていないのである。

立ち止ったまま、途方にくれていた森川は、車の音に振り返った。

五十嵐秋代の小型車が戻って来ていたのだ。森川は当惑して、

「――どうかしたのかい？」

と、窓から顔を見せた秋代へ声をかけた。

「どうかしたのは、あなたの方じゃ？」

と、秋代に言われて、森川は詰《つま》った。

秋代はちょっと笑って、

「タクシー代もないような人が、〈高原ホテル〉に泊るわけないわ」

森川は面白くないという表情で、

「大きなお世話だ」

と言い返した。「何だって戻って来た」

「そう見栄《みえ》を張らないで」

「何だと？」

「何か、人に言えない事情を抱えてる。図星《ずぼし》でしょ？」

「――だったらどうしたって言うんだ」

「ずっと道に突っ立ってるつもり？　少しは車だって通るわ。その内バスも来る。何してるのか、って怪しまれるわよ」

「だからって……」

「私の家へいらっしゃい」

「何だって？」

「泊めてあげてもいいわよ。その代り、子供の宿題を手伝って」

「子供がいるのか」

「今、十歳でね。小学生の宿題って、結構難しいのよ」

森川はしばらく迷っていた。

「――どうするの？　私は別に置いて行ってもいいのよ」

「分った」

森川は再び助手席に乗り込んだ。

「じゃあ行きましょう」

車は器用にUターンして、あの細い脇道へ入って行った。

――妙な女だ。

ただの駅員ではない。森川は、見も知らない男を平気で乗せて、しかも自分の家に連れて行こうというこの女の横顔を、そっと眺めた……。


日に当って少し疲れた片山は、ホテルの部屋でベッドに横になってウトウトしていた。

近くに置いたケータイが鳴った。片山はすぐには目を覚まさなかったが、かなりしつこく鳴り続け、やっと起きると、

「――何だ？――もしもし」

と、半分ボーッとした状態で出た。

「あの……」

女性の声だった。「片山義太郎さん……とおっしゃるんでしょうか」

「そうですが」

「あの……ご連絡をいただいたようなので。私、丸山ゆずるといいます」

丸山？どこかで聞いたような……。

「――あ！　そうですか！」

思い出して、ベッドに起き上る。「失礼しました。ちょっと眠っていたもので」

「はあ。――刑事さんですか？　何のご用で……」

「すみません、わざわざ」

片山はブルブルッと頭を振って、「ええと……あなたのお兄さんのことで。森川誠二さんとおっしゃるんですね」

「はい、そうです」

声は不安げになって、「兄が何か……」

「以前住んでいたアパートの住人を――その――殺害した疑いがありましてね」

向うが息を呑んだのが分る。

「兄が……。人を殺した？」

「いや、一応容疑がかかっているということでして……」

「それは――家族のことですか？　礼子さんを殺したんでしょうか？」

「いや、そうじゃありません」

片山が安田房子殺しについて説明すると、

「――分りました」

と、丸山ゆずるは言った。「残念ですが、兄ならやりかねないことです」

「そうですか。今、どこにいるか、お心当りは？」

「一人でどこかへ行ってしまう人ですから。礼子さんやお子さんたちは大丈夫ですか?」

「ええ。礼子さんは今別の男性と結婚していて……」

「それを聞いてカッとなったんですね。兄らしいことです。自分は奥さんも子供も放っておいて、礼子さんが再婚したとなると、猛烈なやきもちやきですから、許せないでしょう。礼子さんに、用心されるよう伝えて下さい。兄は執念深い人ですから」

「分りました」

「今、礼子さんたちはどこに?」

「今は〈高原ホテル〉に泊っています。ハネムーンのようなもので」

「〈高原ホテル〉……。ああ、雑誌で見たことがあります」

「お兄さんの消息を聞いていませんか」

「いえ、全く付合がなくて」

と、丸山ゆずるは言った。

「そうですか」

「片山さん。あの……」

「何か?」

「私、そちらへ伺ってもいいでしょうか」

「〈高原ホテル〉にですか?」

「礼子さんにお祝いを言いたくて」

「そうですか。——もちろん構わないと思いますよ」

「ありがとうございます。——兄がそっちへ現われる可能性はないのでしょうか?」

「さあ……。しかし、ここのホテルのことまで、お兄さんが知っていたとは思えませんがね」

「そうですね。——でもやはり気になる。明日にでもそちらへ伺います」

「分りました。しかし——お宅は放っておいて大丈夫なんですか?」

「夫の丸山とはもう別れました」

「はあ……」

「子供がいるので、学校のことなどで、丸山のままにしています」

と、ゆずるは言った。「それに……」

「どうしました?」

「できることなら、兄と係り合いたくなくて、丸山姓のままにしていたというのも」

「なるほど」

ゆずるは嘆息して、

「兄は危い人です。妹の私が言うのも変ですが、甘やかされて育った分、身勝手なんです」

ゆずるの口調には、苦々しい気持がはっきり現われていた。

「勝手に来ていいと言ってしまいましたが……」

と、片山が言うと、

「そうよ。こちらのご迷惑かもしれないじゃないの」

と、晴美が眉をひそめた。

「いえ、そんなことは……」

と、礼子が言った。「ゆずるさんは、おとなしくて、いい方だったと思います。お会いできれば」

「では、明日、駅へお迎えに上りましょうね」

と、宮前あかりが言った。「お部屋も用意しておきます」

「そういうことまで考えなかった。すみません」

どうして俺はいつも謝る立場なんだろう？

──片山はテーブルの下で料理を味わっているホームズを見た。

ホームズは顔を上げると、ちょっと肩をすくめて──そんな風に見えた──「しょうがないさ」と言っているようだった……。

——夕食の席だった。

「森川誠二の行方は分らないのですか」

と、千葉が訊いた。

「方々、手配してはいるのですが」

と、片山は言った。「ともかく、一つ所に長くいない男らしくて」

「そうですわ」

と、礼子は言った。「でも——安田さんを殺してお財布を奪ったといっても……」

「そう大金は入ってないでしょうね」

と、晴美が言った。「お金がなくなったら、また同じことをくり返すかも」

「そうですね」

と、片山は肯いて、「一度人の金を盗んだり奪ったりしたら、またどこかで人を襲うかもしれません……」

9 計画

「うーん……。こいつは難しいな」

と、森川誠二は、小学五年生の宿題を前に、腕組みして考え込んでいた。

「ね、ママ」

と、太一《たいち》というその男の子は言った。「この人、ママと同じくらいの頭だよ」

「何言ってるの」

五十嵐秋代は苦笑して、「少し休みなさい。もうじき夕飯よ」

「やった！　ゲームしていい？」

「ご飯までよ」

「うん！」

太一は奥の部屋へと駆け込んで行った。

「いや、疲れた！」

と、森川は息をついて、「こんなに頭を使ったのは初めてだ」

「ね、結構大変でしょ、今の小学生は」

「全くだ」

森川はお茶を一口飲むと、「あんたは——亭主がいないのか」

「もともと結婚してないの。ホステスやったりして、太一を育てて来た。でも、なかなか大変でね」

「そうだろうな」

森川は肯いて、「俺も晩飯をごちそうになっていいのか」

「ごちそうっていうほどのものじゃないわよ」

五十嵐秋代の家は一軒家だが、かなり古くて、平屋の、三部屋ほど。

「夜になったら出て行くよ」

と、森川は言った。

「夜は真暗よ、この辺」

と、秋代は言った。「熊は出ないけど、足を踏み外して崖から落ちたら命はないわ」

「そいつも困るな。——泊めてもらっていいのか」

「そのつもりでなきゃ、連れて来ないわ」

秋代は鍋をかけたガスの火を止めて、「あと、ご飯が炊き上れば……。十五分くらいかしら」

古ぼけたテーブルにつくと、秋代は、

「このテーブル、近くの旅館でいらなくなったのを、捨てるって言うから、もらって来たの」

森川は、秋代が何を考えているか、分らなかった。四十前後の女ざかりで、たまには男が欲しくなるのか、とも思ったが、どうもそういうわけでもないらしい。秋代の目に、そんな色は全くなかった。

「なあ――」

と、森川が言いかけると、

「本当の名前は森川でしょ」

と、秋代が言った。

「――ああ」

「やっぱりね。手配されてるわよ。人を殺したって?」

「殺すつもりじゃなかった。弾みなんだ。本当だ」

「〈高原ホテル〉に何の用?」

隠しても仕方ない。

「女房と子供が泊ってる。他の男と再婚してな」

「へえ。じゃ、お金持なのね、相手」

「そうだ。——まあ、確かに礼子とは結婚してなかったから、『再婚』ってわけじゃない。しかし、二人の子供は俺の子だ」

と、森川は言った。

「〈高原ホテル〉に行って、どうするつもり?」

「それは……」

森川は詰った。そして、肩をすくめると、「正直に言って、何も考えてない。ただ、礼子が許せなくて、何か仕返ししてやろうと……」

秋代は微笑んで、

「先のことを考えずに行動する人なのね。奥さんはきっといやけがさしてたんでしょ」

「大きなお世話だ」

と、森川は渋い顔で、「それで俺をどうするつもりなんだ」

「警察へ突き出したりしないから安心して」

と、秋代は言った。

「あんまり安心できねえな」

「お互い様でしょ」

二人は何となく一緒に笑った。

「妙な奴だな」

「そう。——私もいやけがさしてる。今の生活に」

「駅員の仕事が」

「あれじゃ食べていけない。今夜は休みだけど、いつもは駅の近くのバーのホステスをやってるの」

「そうか……」

「あの辺の温泉旅館の客が相手だもの、都会のお洒落なホステスのようなわけにゃいかないわ」

「そうだろうな……」

「いつも、駅で〈高原ホテル〉へタクシーで向うお客たちを眺めてると、腹が立って来てね」

と、秋代は言った。「どうして世の中はこんなに不公平なの、って思ったの」

「同感だ」

「それで考えたのよ」

と、秋代はお茶を飲んで、「〈高原ホテル〉へ泥棒に入ろう、って」

あんまりアッサリ言うので、森川は啞然として、

「経験あるのか?」

「まさか。でも、どこかにお金はあるでしょ」

「俺も相当いい加減だが、お前も似たようなもんだな」

と、森川は笑った。

「そうよ。人間、やけになれば何でもするもんだわ」

「やけに?」

「駅での仕事、来週で打ち切りなの。その先どうすればいいのか、見当もつかない」

「なるほど」

「そこへ、あんたが現われたわけ。私一人じゃ無理でも、二人なら……」

「おい、待て」

と、森川は止めて、「いいか。たとえ忍び込んでも、今、ああいうホテルに来る客は、大して現金は持ち歩かない。ほとんどがカードを使う。盗んだって仕方ねえよ」

「じゃあ、何か他にいい手でも?」

森川は少し考えていたが……。

「――こいつは相当な覚悟が必要だが」

と言った。

「何なの?」

「身代金さ」

秋代はしばらく黙っていたが、

「誘拐《ゆうかい》ってことね」

「そうだ。家族で来てる客もいるだろう。子供の一人をかっさらって来るぐらいのことはできる」

「——身代金なら、現金が手に入るわね」

「ああ。ただ、相当覚悟を決めてやらねえとな」

と、森川はくり返した。

「そうね……」

「捕まりゃ何十年も刑務所だ。それに身代金の受け渡しも難しい」

秋代は、奥の部屋で、ゲームに夢中の太一が、

「やった！」

と、声を上げるのを聞いて、そっちへ目をやり、

「あの子がいる。——誘拐して来て、ここへ隠しとくってわけには……」

「そうだな」

森川は肯いた。「俺はもう人一人殺してる。だからって、何でもいいってわけじゃねえが……」

「奥さんを殺す？」

と、秋代は苦笑して、「それこそ、すぐ捕まるわね」

「待て」

と、森川は何か思い付いたように、

「礼子は千葉って亭主と一緒だ。子供たちもいる。俺を見ても、騒がねえだろう」

「それで？」

「いや、あいつのことはよく知ってる。ホテルの他の客を殺すと言ってやりゃ、亭主に頼んで金を出してもらう」

「でも――」

「あいつはそういう奴なんだ。千葉ってのはどこぞの社長だ。金はある。手もとになくても、すぐ持って来させることはできる」

「大丈夫？　ホテルの人間が大勢……」

「そうだ。――あんたが東京で金を受け取る。それならどうだ」

「私が東京へ？」

「ああ。あの子を連れて東京で待機する。俺は千葉って奴に、誰か会社の人間に現金をあんたに届けさせる。これなら、時間もかからない。ホテルの人間に知られない内にやれるだろう」

秋代は、しばらく考えていたが、やがてフッと笑った。

「――何だ、どこかおかしいか？」

と、森川がムッとする。

「だって……。私がお金を持って、そのまま消えちゃったら？　あんたは一文にもならずに、捕まっちまうかも」

「——あ、そうか」

「お人好しね、あんたって」

と、秋代が笑って、「さ、ともかくご飯にしましょ。——太一！　ご飯よ！」

と呼んでおいて、テーブルに茶碗や皿を出す。

「おい」

と、森川が言った。「それでもいい」

「——え？」

「あんたが金を持って逃げても、俺は構わねえよ」

「だって……」

「俺はもともと、礼子をこらしめてやりたいんだ。金だって、そりゃあ少しはあればありがたい。しかし、もし手に入らなくたって、あんたを恨《うら》みゃしねえよ」

秋代はしばらくじっと森川を見ていた。

太一が駆けて来て、

「ママ！　ご飯は？」

と言った。

色白で、もの静かな感じの女性が、七、八歳の女の子の手を引いて立っている。

「失礼ですけど」

と、晴美は声をかけた。「丸山ゆずるさんですか?」

「あ……。はい」

と、少し不安げに肯く。「お電話いただいた……」

「ええ、片山晴美と、これが三毛猫のホームズです」

足下でホームズが「ニャー」と、鳴いた。

女の子が、

「可愛い!」

と、笑顔になる。

「お迎えに来ました。お荷物は?」

小さなボストンバッグ一つだ。

「あの……私、後で後悔して……。図々しくやって来てしまって、良かったんでしょうか?」

「いいんですよ。〈高原ホテル〉に部屋も取ってあります」

「あの——私、泊るほどのお金がないので、今日帰るように……」

「大丈夫です。何なら兄の給料から差し引きます。兄がお招きしたんですから」

「でも……」

「さ、いらっしゃい。お名前は？」

「有紀《ゆき》」

丸山ゆずるたちは恐縮しながら、駅の改札口を出ると、〈高原ホテル〉の車に乗った。

「——大きな車」

と、有紀が言った。

「そうね。——あの、兄がご迷惑をおかけしてるのに」

「お兄さんのしたことは、あなたの責任じゃありません」

と、晴美は言った。「ともかく、兄がお会いしたがってます。ちょっと抜けたところはあるけど、人はいいので」

——そのころ、片山はホテルのロビーで派手にクシャミをしていた……。

「凄く楽だね」

と、有紀という女の子は車の座席で飛びはねた。

「だめよ！　ちゃんと座ってて」

と、丸山ゆずるがにらむ。

「はい、ママ」

晴美が笑って、

「いい子ね。有紀ちゃん」

と言った。「今、いくつ？」

「七つ」

「じゃあ小学生？」

「一年生」

「そうか。学校、楽しい？」

「うーん……。あんまり」

大人びた口のきき方に、晴美は助手席で笑った。

「すみません」

と、ゆずるが言った。「ほとんど車に乗ったことがないので。しかも、こんなに立派な車……」

「ホテルの車です」

「〈高原ホテル〉って、有名な高級ホテルなんですね。もちろん、礼子さんならいいでしょうけど、私たちなんか……」

「ご心配なく。捜査の一つですから」

と、晴美は言った。

「兄は……まだ見付からないんですね」

「今のところは」

ゆずるはため息をついて、

「他人様《ひとさま》に迷惑をかけるだけじゃなくて、人殺しなんて……。礼子さんも気にしてらっしゃるでしょうね」

と、ひとり言のように呟いた。

車はじきに〈高原ホテル〉に着いた。

晴美がケータイで連絡しておいたので、ホテルのロビーに片山と礼子が待っていた。

「まあ、ゆずるさん」

と、礼子がソファから立って来て、「お久しぶり」

「ごぶさたして……」

と、ゆずるが言った。「すみません、こんな所に押しかけて」

「何言ってるの」

と、礼子は有紀の方を見ると、「有紀ちゃんね。すっかり大きくなって」

有紀はホテルのロビーを、目を丸くして見渡していた。

「ニャー」

と、ホームズが鳴いて、何となく雰囲気がほぐれた。

「ゆずるさんの方が私より年上なんだから」

と礼子は言った。「気軽にしてちょうだい」

三つ四つの違いだろうが、晴美の目には、丸山ゆずるが十歳も年上に見えた。生活の疲れが少し白くなった髪にも出ている。

「いらっしゃいませ」

宮前あかりがやって来て、「お部屋へご案内します」

「どうも……。礼子さん、それじゃ――」

「ええ、後で。有紀ちゃん、お腹空いてない？」

「空いた！」

即座に答えたので、みんな笑った。

ラウンジで軽く何か食べることにして、ゆずるのバッグをあかりが先に部屋へ持って行った。

片山は晴美と一緒に残ったが、

「あんまり有紀ちゃんの前で殺人の話とか、しない方が」

と、晴美が小声で言った。

「そうだな。——じゃ、お前、子供の相手をしといてくれ」

片山は、別のテーブルにゆずるを座らせて、

「——お兄さんから連絡はありませんか」

と訊いた。

「何も。私に助けを求めては来ないと思います」

「なるほど」

「あ、すみません」

ゆずるのケータイが鳴った。古いタイプのケータイだったが、

「誰かしら？　いいですか？」

「どうぞ」

「——もしもし？」

かけ間違いか、という口調で出たゆずるの顔色が変った。「——兄さん！」

片山が緊張する。

「どうしたっていうの？　事件のこと、聞いたわよ」

と、ゆずるは言った。「今、どこにいるの？」

晴美も聞きつけてやって来た。

座ったまま、こわばったように動かなかったのは、礼子だった。

「心配するな」

と、森川が言った。

片山がそばに寄って、耳を澄ます。

「お前に迷惑はかけねえよ」

「何言ってるの。あんなひどいことして。とっくに迷惑かけてるじゃない」

「それはそうだが、俺だけのせいじゃないぜ。礼子の奴が勝手に結婚するからだ」

「兄さんこそ身勝手だわ。礼子さんが誰と結婚しようが、兄さんに文句をつける権利なんかないわ」

「そうはいかねえ。子供二人は俺の子だぞ。夫婦の縁は切れても、親子の縁は切れないんだ」

片山は手帳に走り書きして、ゆずるに見せた。

〈どこにいるか、訊いて下さい〉

ゆずるは小さく肯くと、

「――どこに逃げてるの？　いつまでも逃げていられないわよ」

と言った。

「いつまでも逃げるつもりはねえよ」

と、森川は言った。「だから、ちょっとお前の声が聞きたくなったんだ」

「それはどうも。——自首するつもり？」

「いや、捕まるにしても、その前に礼子に思い知らせてやる」

「何ですって？　礼子さんに何の罪があるっていうの？」

「俺を裏切った奴は許さないんだ」

「勝手言って！　礼子さんに手を出そうなんて、無理な話よ」

自分の名が出ているのを聞いて、礼子も立ち上ってやって来た。

「なあに、命がけでやりゃ、何だってやれないことはないさ」

と、森川は言った。「まあ、お前は好きに暮してろ」

「言われなくたって……」

「ともかく礼子にはびっくりさせてやる。たぶん、あいつが思ってるより、俺はずっとあいつの近くにいるんだ」

「兄さん……。どういうこと？」

「次に会うのは、TVニュースか新聞の記事だろう。達者でな」

「兄さん！　——もしもし！」

切れた。ゆずるは大きく息をついて、

「何て人かしら！」

と、怒りをこめて言った。

「どこからかけてたの？」

と、晴美が訊く。

「公衆電話だ」

と、片山は言った。「しかし……」

「——あの人は、何て？」

と、礼子が訊く。

片山が話してやると、礼子は青ざめて、

「近くにいる……。ここの近くでしょうか」

「ここにいることを、森川が知っているとは思えませんが……。しかし、用心に越したことはない」

「お願いします！　あの人は本当にここへやって来るかも……」

「大丈夫ですよ」

と、晴美が元気づける。「兄も石津さんもいます」

「地元の県警に連絡して、人を出してもらいましょう」

と、片山が言うと、

「お願いします！」

と、礼子は深々と頭を下げた。

「まさか、私までここにいるとは思ってないでしょうね」

と、ゆずるが言った。

夕食の席はにぎやかだった。

礼子も、千葉と並んで座っていると笑顔になっていた。

もちろん、子供たちには何も言っていないので、礼子も怯《おび》えた表情を見せるわけにいかなかったのだろう。

加えて、丸山ゆずると娘の有紀が一緒なので、食卓は明るかった。

「ベッドが凄く広くって、ピョンピョン飛びはねちゃった！」

と、有紀が言って、

「だめって言ったでしょ」

と、ゆずるに叱られている。

〈高原ホテル〉は貸切状態。ダイニングルームは、礼子の二人の子、和也と安奈の笑い声に、有紀の声も加わって、至って明るい。

いつもはにぎやかな加賀ひとみも、さすがに十五歳の身としては小さな子たちと一緒に騒ぐわけにもいかず、車椅子の姉、涼子と静かに食事している。

夕食は子供たちに合せて、スパゲティやピザのイタリア料理。有紀も大喜びで食べていたが、和也と安奈はスパゲティのソースで口の周りをベトベトにしながら、猛然と食べていた。

「あらあら……。ナプキンがソースでベタベタ」

と、礼子が苦笑する。

「子供はそんなものだよ」

と、千葉は言った。

「でも……。ほら、見てごらんなさい。猫ちゃんたちの方が、よっぽどおとなしく食べてるわ」

片山たちのテーブルのそばで、せっせと食事しているのはホームズと、そして子猫のパリ。ホームズは、

「太っちゃいけない」

というので、ちゃんとダイエットを考えたものを用意してもらっている。

パリの方は、正に育ち盛り、皿に首を突っ込まんばかりの勢いで、シュワシュワと食べていた……。

ところで、食事の場に欠かせない人間がいる――はずだが。もちろん、石津である。

片山たちと一緒のテーブルについている加賀涼子とひとみ、

「石津さんは食べないんですか？」

と、涼子の方が気にして訊いた。

「心配いらないわ」

と、晴美は言った。「石津さんは先に食べていったの。ホテル周囲のパトロールにね」

「あ、そうなんだ」

と、涼子がホッとしたように笑って言った。

「――いかがですか、お味は」

と、片山たちのテーブルの方へやって来たのは宮前あかりである。

「とてもおいしいわ」

と、晴美が言った。

そのとき、ダイニングルームへ入って来た男を見て、あかりがびっくりした。

「まぁ！　社長！」

「お父さん。どうしたの？」

辻川友世が目を丸くした。

「いや、どうしてるかと思ってな」

辻川博巳はニヤニヤしながら、「思い立って来てみた。いい雰囲気じゃないか」

「石津、どうしたんだ？」

と、片山は、石津が辻川博巳の後ろに怖い顔で立っているのを見て訊いた。

「いえ、怪しい人物が車で来ましたので……」

「この刑事さんに危うく逮捕されるところだったよ」

と、博巳が笑って言った。

「では、間違いなくお父上ですね」

と、石津がホッとしたように言った。

「わけあって、警戒厳重なの」

と、友世が言った。

「いや、任務に忠実な刑事さんはいいものだよ。——旨《うま》そうなスパゲティだな！　俺の分もあるかな」

「すぐご用意します」

と、宮前あかりが言った。「何かもっと違うお料理を……」

「いや、高級な料理には飽きた。俺もスパゲティとピザがいい！」

「分りました」

「すみません」

と、片山が言った。「石津がせつなそうな顔をしてるので、もう一度用意してやって下さい」

「いえ、そんな……」

「無理しないで」

と、晴美が言った。「県警の方がいるんでしょ？　食べたら、また行けばいいわ」

「そんなわけには……」

と言いながら、石津は片山たちのテーブルに加わっていた。

「ニャー」

と、ホームズが笑った。


「本当に……」

と、礼子が言った。「私のせいで皆さんにご迷惑をかけて……」

「いつまでもそう言ってちゃいけないよ」

と、千葉が言った。「せっかく皆さんが力になって下さってるんだ。君がしっかりしなくては」

「ええ、そうですね」

礼子はちょっと目を潤《うる》ませて、「本当にありがたいことですわ」

「兄は仕事ですから」

と、晴美が言った。

——夕食の後、ラウンジでコーヒーを飲む。

子供たちはアイスクリームに夢中だ。スパゲティのソースの後はアイスクリームで口の周りを真っ白にしている。

もっとも、加賀ひとみはさすがにアイスクリームを食べても至って静かだった。

静かにしていなくてはならない事情もあった。ひとみの膝の上で、パリが丸くなってスヤスヤと眠っていたのである……。

「それ食べたら、もう部屋に戻りましょうね」

と、涼子が言った。

「どうして？　まだ早いよ」

と、ひとみは抗議した。

「お邪魔になるわ。あんたはまだ子供なんだから」

「あ、そういうこと言って！　今の十五歳の怖さを知らないな」

ひとみは思わせぶりに、「私にだって、男の一人や二人……」

「そりゃ、同級生ぐらいいるでしょうけど」

と言って、涼子はコーヒーを飲んだ。

「お姉ちゃんが幼ないんだよ。二十歳っていったら、もう大人の女なのに」

「人はそれぞれよ」

涼子はそっと片山の方へ目をやった。「利口そうね、ホームズって」

ホームズを見ているんだと自分にも思い込ませようとしていた。

でも——やはり涼子の胸は片山を見るとときめくのである。

でも——やはり涼子は何か起りそうだという不安を捨て切れなかった。

いや、殺人犯が、ここへ来るかもしれないということ。——それを聞いたとき、涼子は自分の直感が正しかったと思った。

むろん、何も起らないでいてくれたら、嬉しい。でも……。

——宮前あかりのケータイが鳴った。

あかりはチラッと見て、足早にロビーの端へと歩いて行った。

「——何なのよ」

と、小声で出る。「まだみんな起きてるわ」

「悪かったな」

「ああ……。千葉光男さんね」

「安西はちゃんと無事だ」

「どうでもいいわ」

「今夜、そのホテルへ行く。目につかないように入れてくれ」

「何ですって？　今夜はやめた方がいいわ」

「どうしてだ？」

「礼子さんの元夫って男が、人を殺して、ここへやって来るかもしれないの」

「面白いじゃないか」

「刑事や県警の人も、ホテルの周囲を警戒してるわ」

「ますます面白い」

「そっちは面白いかもしれないけど、私はちっとも面白くない」

「ともかく、どこか出入りできる所があるだろ」

「そうね……。じゃ、裏手の、荷物の搬入口がいいわ。いつもは使わない所」

「よし、そこへ行く」

「来て何をするつもり？」

「そいつはあんたの知ったことじゃない」

と、光男は言った。「ついでに、あんたのベッドを訪問してもいいか」

「ご遠慮申し上げるわ」

と、あかりは素気なく言った。

「じゃ、十二時だ」

「分ったわ。近くに来たら、このケータイにかけて」

そう言って、あかりは切った。

何か起るかもしれない。——あかりは涼子よりも具体的な予感を感じ取ることができた。

そして、その夜……。

10　秘密は燃える

落ちつかない夜だった。

千葉は、同じベッドの中で礼子が寝返りを打ったので目を覚ました。

「――どうした」

と訊く。

「起しちゃった？　ごめんなさい」

と、礼子は言った。

「訊くまでもないな」

と、千葉は言って、礼子の頬をそっと撫でた。「森川のことが心配なんだろ。しかし、僕らがここにいることを森川が知ってるわけはないよ」

「ええ……。分ってるんだけど……」

礼子は夫の手を取って、「ただ、あの人は本当に執念深い人なの。私……何だか、あの人が近くにいるって感じるの」

そう言って、礼子は身震いした。

「心配するな」

と、千葉は礼子を抱き寄せて、「たとえ目の前に森川が現われても、僕がついてる」

「ええ」

「君に指一本触れさせないよ」

「嬉しいわ」

礼子は夫の胸に身を預けて、息をついた。それから、フッと表情を曇らすと、

「でも……あんな男の子を二人も産んだのよね、私」

と、自分に向って呟くように言った。

「二人ともいい子じゃないか。和也君も安奈ちゃんも、君の子なんだよ」

「ええ。分ってるわ。今は二人ともあなたの子でもある。ただ――いつか、知る日があるでしょう。本当の父親が人殺しまでした人間だってことを……」

そこまで言って、礼子はふと夫が黙ってしまったことに気付いた。

父親が人殺し。――その言葉が、千葉を黙らせたのだろうか。

「あなた……」

「うん？」

いつの間にか、礼子は今まで口にしたことのない言葉を言っていた。

「奥さんを殺したの？」

言ってはいけない。訊いてはならないと知っていたのに。今、どうして口にしてしまったんだろう。

「ごめんなさい」

と、礼子は急いで言った。「忘れて。何も聞かなかったことにして」

「いや、当然だよ」

と、千葉は言った。「僕は君に嘘の証言をさせた。普通に考えたら、僕が殺したからこそ、そうさせたと思うだろう」

「いいえ！　あなたはそんな人じゃない！　私には分ってるわ」

「礼子……」

「確かめるまでもないことよ」

「いや、君が疑っていても、それは当り前だ。だがね、正直に言う。僕は典子を殺していない」

「そう。そうよね」

「それでも、無罪を立証するために、君の証言が必要だったんだ。信じてくれ」

「信じるわ、もちろん」

そう言って、礼子は千葉にキスした。「もう寝ましょう」

もちろん、礼子は訊きたかった。――あなたでないなら、誰が奥さんを殺したの？

しかし、礼子は口をつぐんだ。そして、枕に頭を埋《うず》めて、目を閉じたのだった。


目が覚めちゃった……。

加賀ひとみは、大きなベッドの中で、思い切り手足を伸した。

ミャア。――耳もとで声がして、びっくりする。

「パリ。――いつの間に来たの？」

見れば、枕のすぐそばに、子猫のパリが身を寄せて丸くなっていたのである。

その姿を見て、ひとみは、つい笑ってしまった。

「可愛い！　ずっとうちにいてよね」

と、パリの首の辺りを撫でると、気持よさそうに目を閉じたままゴロゴロと唸《うな》った。

「ふふ、いいなあ、猫って」

と、遊んでいると、隣のベッドで、姉の涼子が、「ウーン……」と唸って、頭を振った。

「お姉ちゃん。――どうかした？」

と、ひとみが声をかけると、

「――え？」

涼子はトロンとした目で、「片山さん、……」と言った。

ひとみは笑って、

「お姉ちゃん！　寝ぼけて！　私は残念ながら、片山さんじゃないわよ」

と、からかった。

「あんた……。どうしたの？」

やっと目が覚めた涼子が、戸惑い顔で言った。

「どうした、じゃないでしょ。片山さんの夢見てたの？」

「どうして知ってるの？」

と、涼子があわてた様子で言った。

「私のこと、『片山さん』って呼んでた」

「嘘……。本当に？　じゃ、黙っててね」

「どうしようかな」

と、ひとみは気をもたせて、「いいなあ！　私も早く恋したい！」

「ちょっと。――ひとみ、どこに行くの？　そんな格好で」

ひとみはパジャマ姿のまま、部屋を出ようとしていた。

「ちょっとロビーに散歩。ルームキーは持ってくから大丈夫」

「風邪引くわよ！」

「平気よ。――お姉ちゃんと片山さんを二人きりにしてあげようと思ってさ」

「馬鹿！　ひとみ――」

ひとみは廊下へ出た。スルリと閉まりかけたドアの隙間から、小さな白いものが抜け出て来た。

「あ、パリ。お前も行く？　そうね。一人よりはいいか」

――真夜中のことで、もちろんロビーにも人はいない。

ひとみは、別に何がしたくて部屋を出て来たわけじゃなかった。ただ、こんなホテルに泊ることは二度とないかもしれないと思ったら、眠ってしまうのがもったいない気がしたのだ。

「いいなあ……」

人気《ひとけ》のないロビーで、ソファに座って、ひとみは呟いた。「こんな所に年中来られる暮ししてる人もいるんだ……」

もちろん、ひとみは「お金」に憧《あこが》れているわけじゃなかった。そりゃあ、ないよりはある方がいい。

でも、大金持の生活なんて、きっと面倒くさいだけだろう。そこそこ生活していければそれでいい。

姉、涼子の働きでは、本当にぎりぎりの暮しだ。こんな出来事がなかったら、本当にこの先、どうなっていたか……。

ひとみはロビーをゆっくりと見渡した。

膝の上にパリがのっかって、あったかい。

「ここに引越して来ようか。ね、どう思う？」

と、ひとみはパリの頭を撫でながら言ったが……。

そのとき、エレベーターがチンと音をたてた。――誰だろう？

ロビーは暗いので、エレベーター前の明るい所に出て来た女性はよく見えた。

あの人……。宮前あかりさん、だったっけ。

でも、何だか様子が変だった。――いや、いつもとそう違わないけれど、ただ、足どりや雰囲気に、どこか妙なものを感じさせたのである。

あかりはロビーから廊下の奥へと入って行った。

ひとみはちょっと考えていたが、

「おいで、静かにね」

と、パリを抱えてソファから立ち上ると、あかりの行った方へと歩いて行った。

廊下の突き当りに、客室とは違うスチールの扉があった。そこが静かに閉るところだった。

何か仕事用の場所なのだろうが、こんな夜中に？

ひとみは迷った。変な所で見付かって叱られたらどうしよう？

もちろん、悪いことをしているわけじゃないけれど……。

ひとみは、いつもと違う生活をしている自分に憧れていた。何か思い切ったことをやってみたかった。

スチールの扉をそっと開ける。――重かった。

中を覗くと、薄暗い廊下があった。その奥の方に、明りがチラついている。

入って行ったら、もろに見付かってしまう。

そのとき、入ってすぐの傍に、段ボールがいくつか積んであるのを見付けた。

素早く扉の中へ入ると、その段ボールのかげに隠れる。

「静かにね」

と、腕の中のパリへ囁《ささや》いた。

「――大丈夫だった？」

と、宮前あかりの声がした。

「ああ。軽いもんさ」

男の声だ。二人が歩いて来る。

「何しようっていうの？」

と、あかりが訊いた。

「客の一人に、ちょっと話があるのさ」

「でも、忘れないで。刑事も泊ってるのよ」

「分ってる。辻川って男の部屋はどこだ？」

「辻川さん？　千葉さんに用があるんじゃないの？」

と、あかりが当惑したように言った。

「放っとけ。後は俺一人でやる」

「ま、いいけど……。辻川社長も来てるのよ」

「父親か」

「ええ。妙なことしないで。私が失業するわ。共犯にされるのなんていやだからね」

「心配するな」

二人は重いスチールの扉を開けて、ホテルの廊下へと入って行った。

あの人……。あかりさんって、秘書のくせに！

辻川さんの所へあの男は何しに行くのだろう？

ひとみは立ち上ろうとした。

そのとき、あかりたちが入って来た方から足音が聞こえて来て、ひとみはあわててまた段ボールのかげに隠れた。

男だということは分ったが、何しろ顔を出すわけにもいかず、ひとみはじっと息を殺していた。

男は何かを手にさげているようで、ちょっと足を止めると、

「重いな、畜生……」

と呟いた。

手を持ちかえたのか、ポチャッ、と何か液体のはねる音がした。

男は、あかりたちと同様、スチール扉を開けて、中へ入って行く。

「ミャーオ」

つい、力が入ってしっかり抱きしめていたらしい。パリが「苦しいよ」と言うように
鳴いた。

「ごめん！　つい……」

でも、男がいなくなってから鳴いた。さすが！

ひとみはそっと立ち上って、

「片山さんに知らせた方がいいよね」

と呟いた。

スチール扉を開けようとして、ふと変な匂いに気付いた。

「これって……油？」

足下をよく見ると、一、二滴こぼれたのか、黒い点がある。

身をかがめると、やはり油だ。

灯油か何かだろうか？

でも、あの男、油を持って、何をしようっていうんだろう？

ひとみは中へ入ると、ロビーの方に人影がないのを確かめて、急いでフロントへと駆けて行った。


ホテルの電話が鳴って、片山は目を覚ました。――何だろう？

「はい、片山です」

と、舌足らずな声で出ると、

「あの、ひとみです。加賀ひとみ」

「ああ、どうしたの？」

「今、フロントからなんですけど」

「こんな時間に？」

「変な人が裏の方から入って来て――」

ひとみの声は震えていた。片山はおおよその事情を聞く間にベッドを出て、隣に寝ている石津を揺さぶり起し、

「――服を着ろ！　晴美を起せ！」

と言っておいて、「ひとみ君、君はフロントの中に隠れていなさい。部屋へ戻ろうとして、その男たちに出会うかもしれない」

「でもお姉ちゃんが――」

「石津を行かせる。大丈夫だ」

「お願いします！」

片山は急いで服を着た。石津が晴美を起して来る。

「どうしたの？」

「様子がおかしい。灯油を持った男が侵入して来たそうだ」

「外は見張ってるんじゃなかったの？」

「宮前あかりが裏から引き入れた」

「宮前さんが？」

「石津！　加賀涼子を頼む」

「分りました！」

と、石津が部屋を飛び出して行った。

「お兄さん――」

「灯油ってのが気になる。火を点けるつもりだったら……」

「大変だわ」

「非常ベルだ。どこかにボタンが——」

「ナイトテーブルの下よ」

晴美が身をかがめて、プラスチックのカバーを外し、ボタンを押した。

廊下にけたたましくベルが鳴り響いた。

「よし！　フロントに行ってくる」

「私が行くわ。お兄さんは、他のお客を起して回って」

「そうだな。頼む」

片山たちは廊下へ出た。

ベルの音で驚いて、並びのドアが開いて、辻川寿男がパジャマ姿で出て来た。

「片山さん！　何かあったんですか？」

「分りませんが、危険かもしれないので、奥さんも起して下さい」

「分りました」

晴美はフロントへと階段を駆け下りた。ホームズが飛ぶような勢いで後に続く。

「何かありましたか！」

フロントの係の男が寝ぼけた顔であわてて出て来た。

「灯油を持った男が入り込んだんです！　消防署へ連絡して下さい」

「は、はい！」

あわてて、直通の連絡ボタンを押す。

そのとき、晴美はホームズが鋭く、

「キーッ！」

と鳴くのを聞いて振り返った。

ロビーに一気に炎が上った。

ポリタンクを手にした男が、

「礼子はどこだ！」

と怒鳴った。「礼子を呼べ！」

「森川ね！」

と、晴美は言った。

フロントの男へ、

「スプリンクラーを！」

と指示する。

「分りました！」

森川はタンクを投げ捨てると、

「焼き殺してやる！　礼子も、礼子を抱いてる奴も！」

ロビーはカーペットが敷かれているので、灯油はしみ込んで広がらなかった。炎は上って、黒い煙がロビーに立ち上った。スプリンクラーが作動した。白い霧のように水が降り注ぐ。

「晴美！」

片山がロビーへ駆け下りて来た。

「お兄さん！　森川が——」

「分った！　晴美、表の県警の人たちを呼んで来い！」

しかし、呑気《のんき》にしてはいたのだろうが、さすがにロビーに炎が上ったのにびっくりして、正面入口から、刑事と制服警官が五人、駆け込んで来た。

ホテルの従業員が起き出して来て、消火器を手に、カーペットに上る炎へと白い泡を吹き付けた。

「森川を追う」

と、片山は言った。「宮前あかりと一緒の男は、辻川さんの部屋を訊いたそうだ。お前、そっちへ行ってくれ」

「分ったわ」

晴美はホームズを促して、階段を駆け上った。

廊下に石津が加賀涼子の車椅子を押して現われた。

「晴美さん！　火事ですか？」

「森川がロビーに灯油をまいて火を点けたの。でも大丈夫。辻川さんたちは？」

「さっき部屋を出て来ましたが」

そこへ、礼子がガウンをはおってやって来た。

「やっぱり森川なんですか？」

「ええ。今兄が追っています」

「どうしよう！　誰もけがしたりは……」

「今のところ大丈夫です。お子さんたちは？」

「千葉が、部屋で一緒にいてくれています」

と、礼子は言った。


「辻川の部屋は？」

と訊かれて、宮前あかりは、じっと男を見つめた。「——答えろ！」

「あなた……千葉光男じゃないのね！」

と、あかりは言った。

男は笑って、

「おめでたい奴だな」

と、拳銃を手に、「俺は嘘をついちゃいないぜ。お前が先に『千葉光男か』って訊いたから、そういうことにしといたんだ」

「あんたは――」

「俺は辻川寿男の昔の仲間だよ」

「仲間？」

「ああ。今じゃ偉そうにしてるけどな、辻川ってのは、昔、俺と一緒に金を盗んだ仲なんだ」

「盗んだ？」

「俺は分け前をもらってない。おまけに一人で逃げ回るはめになったんだ」

「辻川さんがお金を？」

「ああ。分け前とは言わねえ。全部いただくことにしたぜ」

男は銃口をあかりへ向けて、「さあ、辻川を呼べ」

と命じた。


「パリ！――パリ、どこ？」

ひとみは、フロントのカウンターのかげから這《は》い出した。

スプリンクラーから降り注ぐ水ですっかり濡れてしまったが、ロビーの火は消えていた。

しかし、まだ煙は残っていたし、油くさいのはおさまっていなかった。

気が付くと、パリが懐《ふところ》から飛び出していたのである。

「パリ！　――戻って来て！」

子猫のことだし、こんな状況にびっくりしてしまったのだろう。ロビーを駆けて行く小さな姿がチラッと見えた。

「待って！」

ひとみは立ち上ると、パリを追って走って行った。

え？　どこ？

ロビーの奥、さっき男たちが入って来た扉が、火災報知機が鳴ったせいか、少し開いていた。

「パリ。――いるの？」

ひとみは扉の向うへと声をかけた。

そして覗いてみると――。

いきなり腕をぐいとつかまれ、引張られた。

「何するの！」

と、叫んだが、さっき、油をまいて火を点けた男が目の前に立っているのに気付いた。

「どこの子だ」

と、男は言った。

「森川——っていうんだよね」

「俺を知ってるのか」

「よく知らないけど……」

ロビーに人の声がした。

「よく捜せ！」

と言っているのは片山だった。

「声を出すな」

森川はひとみの首に手をかけた。「分ったか！」

ひとみは息ができずに苦しくて必死に肯いた。

「よし」

森川は手を離すと、「おとなしくついて来い」

「一緒に？　いやだ」

「そうか？」

森川が右手でつまみ上げたのは、小さなパリだった。

「パリ！」

「ミャオ」

と、かぼそい声を出す。

「こいつの首をひねってやろうか？　簡単だぜ」

「やめて！　殺さないで！」

と、ひとみは言った。「ついて行くから。お願い」

「よし、分りゃいい。――来るんだ」

仕方ない。ひとみは男の手がパリを乱暴につかんでいるのを見て、

「お願い。パリを私に抱かせて。逃げたりしないから」

「パリだと？　こいつの名前か」

「うん」

森川はちょっと笑うと、

「よし。それじゃ約束するか。俺が行っていいと言うまで、おとなしくついて来ると」

「約束したら、パリを返してくれる？」

「ああ。その代り約束を守れよ」

ミャーと、子猫が鳴いた。

ひとみはしっかり肯いて、

「約束するよ。逃げないでついて行く」

「いいだろう」

ひとみはパリを受け取ると、しっかり胸に抱いて、

「もう大丈夫だよ。安心して」

と、話しかけた。

「行くぞ」

森川はひとみを促した。

約束しちゃったんだ。——ひとみは森川について、外の暗がりの中へと出て行った。


「宮前君が?」

辻川寿男が片山の話を聞いて、啞然とした。

「あかりさんが、男を引き入れたんですか」

と、友世も信じられないという表情で、父の顔を見た。

辻川博巳は渋い顔で、

「まさかとは思うが……。どこにいるか分らんのですな?」

と訊いた。

「ええ」

片山は肯いた。

ホテルの中は、まだ混乱していたが、片山たちや、千葉、辻川など、一緒のグループ

以外に客がいないので、比較的落ちついて来た。

「お兄さん」

晴美が、辻川夫妻の部屋へ入って来ると、

「外が明るくなって来たわ」

「そうか。森川は結局見付かってないんだ。ホテル内に隠れてる可能性もある。後で捜索しよう」

ロビーの火災で、消防車も駆けつけたので、森川がそのどさくさに紛れて逃げることはできただろう。

「ともかく」

と、辻川博巳が言った。「スプリンクラーの水で濡れはしたが、一応みんな無事だったらしい。良かった。——フロントに言いつけて、至急濡れたシーツや毛布を交換させよう」

「お父さん、一旦、他のホテルに移らないと無理よ」

と、友世が言った。

「うん、そうだな……。水浸しになってしまったら、しばらくは使えない」

辻川博巳が肯いて、「では、当面、この近くで、いいホテルを捜して移っていただこう。フロントの者に言いつける」

「僕が言って来ましょう」

と、辻川寿男が立ち上った。

「私も行くわ」

と、友世が言った。

「いや、僕だけで大丈夫。君は風邪ひかないように」

と、寿男が出て行った。

「片山さん！」

石津がせかせかと飛び込んで来た。

「どうした？」

「いないんです」

「いない？　誰が？」

「加賀ひとみです。あの妹の方が」

片山はびっくりして、

「しかし——フロントの所に隠れてなかったか？」

「そう思って、捜したんですが、見付かりません」

片山は急いで、加賀涼子の所へと駆けつけた。

「片山さん！」

と、涼子は片山を見るなりワッと泣き出した。

「涼子君。――落ちついて」

「ひとみが……。あの子……夜中に出て行って……」

「分ってる」

と、片山は肯いて涼子の手を握った。「おかげで火事が広まらずにすんだ」

「でも――どこへ行ったんでしょう？」

「戻って来なかったんだね。一度も」

「ええ」

「分った。――大丈夫、必ず見付けるよ」

片山はそう言いながらも、不安だった。森川を、ひとみは見ているのだ。

森川の方でも、ひとみを見ていたかもしれない。

まさか、とは思うが……。

「私が止めれば良かった……」

涼子が泣きやまない。

「すぐ捜しに行ってくるよ」

片山は涼子の手をしっかり握ると、石津と一緒に廊下へ出た。

「片山さん……」

「いやな予感がする。森川が、もしひとみちゃんを見付けたら……。人質に連れて行ったかもしれない」

「そうですね……」

「火事騒ぎで混乱してたからな」

しかし、そんなことは言いわけにならない。

「ともかく、この周辺を捜すんだ。県警の人にも力を貸してもらって。——逃亡するとしたら、どこだ？」

「車があれば、山を越えるとか……」

「鉄道の駅を手配しろ。列車で逃げてるかもしれない」

「分りました」

二人がロビーへ下りて来ると、外が騒がしい。

「片山さん」

と、県警の刑事が駆けて来た。

「何かあったんですか？」

「外の植込みに死体が」

片山の顔から血の気がひいた。

玄関から外へと走り出る。

まさか。――まさか。

お願いだ！　ひとみでないように！

外の通りを仕切るホテルの植込みに、人が集まっていた。

「片山さん」

と言ったのは辻川友世だった。

「どうしてここに？」

「主人がフロントで話してるとき、ここで騒ぎが」

片山は人をかき分けるようにして、植込みを覗いた。

半ば、植込みに埋れるように倒れているのは――男だった。片山はともかく安堵した。

「安西さんです」

と、友世が言った。「父の秘書の。――どうしてこんな所にいたのかしら？」

片山は近寄って見た。

「撃たれてる。――ともかく、死体を取り出しましょう」

人が死んだ。

やはり、悪い予感は当ったのだ。

「ニャー……」

いつのまにかホームズが足下に来ていた。

「ホームズ。——ひとみちゃんは生きてるよな」

と、片山が言うと、ホームズは黙って目を閉じただけだった。

11　逃亡路

「何よ」

と、五十嵐秋代が言った。「結局、一円にもならなかったんじゃないの」

秋代の運転する車は、山を越えて、隣の町へ入っていた。

「まあな」

と、森川は言った。「人生、思いがけないことが起るから面白い」

「ちっとも面白くないわ」

ハンドルを握っている秋代だが、口で言っているほどには怒っている風でない。

むしろ、森川の失敗を面白がっている様子だった。

助手席では、息子の太一が居眠りしている。

そして、後ろの座席には森川と加賀ひとみが――。さらにひとみの手の中で、パリがスヤスヤと眠っていた。

「まあ、とりあえず貯金を下ろして来たから、何日かは大丈夫」

と、秋代が言った。「その間に、お金を稼ぐ手を考えてよ」

「こいつがいる」

森川はひとみの頭をコツンと叩いた。

「痛いよ」

「人質なんだ。これぐらい我慢しろ。縛られたりしないだけありがたいと思え」

ひとみは口を尖《とが》らして、窓の外を見た。

確かに、ひとみは縛られているわけでも、鎖でつながれてるわけでもない。その気になれば、逃げ出すチャンスもあるかもしれない。

でも――約束していた。

逃げたりしない、と。

そんな約束、どうでもいいかもしれない。でも、ひとみは森川がパリを殺さないでいてくれたことに、感謝していたのだ。

約束は守らなきゃ。

「――その子がお金になるの？」

「あのホテルにわざわざ招待されてたんだ。こいつの姉が、辻川ってやつの女房の命を助けた。――身代金を、その辻川からせしめられるさ」

森川は、ひとみからその事情を訊き出していた。ひとみとしては、嘘をつけばパリを殺されるかもしれないと思うと、正直に話すしかなかったのだ。

「そううまくいくといいわね」

と、秋代が言った。

太一がウーンと唸って目を覚ました。

「ママ、お腹空いたよ」

「ああ、そうね。――じゃ、その辺のファミレスに入ろうか」

「うん！　それがいい！」

森川は、手配されていることなど大して気にしていなかった。それが却って目立たなくしていた。

さらに、はた目には森川たちは四人家族に見えていて、森川を捜す目も、素通りしていたのだ。

秋代はファミレスの駐車場に車を入れ、四人は店に入った。

昼には少し早いが、ランチの食べられる時間になっていた。

オーダーをしてから、森川は、

「電話して来る」

と、席を立った。

レジカウンターの端に、今どきあまり見かけない公衆電話があった。

森川は、ひとみから聞いていた、姉の涼子のケータイ番号へかけた。

「——もしもし？」

不安げな少女の声が聞こえた。

「加賀涼子か」

「そうですけど……」

「妹を預かってる」

ハッと息を呑むのが分る。「分るな」

「はい……。ひとみは……」

「元気だ。心配するな。俺は森川だ。知ってるだろ」

「はい……」

「辻川って奴を呼べ」

「辻川さんですか？」

「早くしろ」

刑事に話しているかもしれないが、気にしなかった。少し間があって、

「辻川です」

と、男の声がした。

「今、加賀ひとみを預かってる。お前の女房の命を、涼子ってのが助けたそうだな。ひ

とみを買い戻してくれ」

「お金を出せばいいんですね」

と、即座に言った。

「ああ。五千万、用意しろ」

「分りました」

と、すぐ返事して、「現金で用意するのには、少し時間がかかります」

「そうだろうな。三日待ってやる。また連絡するぜ。片山とかいう刑事にしゃべってもいい。俺にゃ怖いもんなんかねえんだ。捕まりそうになったら、あの娘を殺して俺も死ぬ」

「金は必ず用意します」

「頼んだぜ。俺も子供は殺したくねえからな」

森川は受話器を置いた。

そして、席に戻った。——もちろん、レストランの店員も客も、こんな所で身代金の要求の電話をかけているなどとは、思ってもみないのである……。

「辻川さんにお金を？」

と、礼子が言った。

「すみません」

と、加賀涼子が涙声で、「お金は何年かかっても必ず返します。ひとみのために、お金を出して下さい」

と、車椅子のまま、頭を下げる。

「涼子ちゃんが謝ることないわ」

と、礼子が言った。「元はといえば、私がここへ来ていたから。森川はもう救いようがないわ」

「どこからの電話か、分りませんでしたか」

と、片山が辻川へ訊いた。

「はあ……。どこかざわついた感じではありました」

と、辻川は言った。「店のレジらしい音がチーンと聞こえていましたが……」

「そうですか」

「五千万は用意します」

と、辻川が言った。「ひとみちゃんの命には代えられない」

「でも、それは私が」

と、礼子が言った。「森川のやったことです。私にも責任があります」

「その通りだ」

と、千葉が言って、礼子の肩を抱いた。

「どうでしょう、辻川さん。五千万円を用意するのは大変だ。半分ずつ用意しませんか?」

「それは助かります」

と、辻川が肯いて、「現金を用意するのは手間がかかりますからね」

「こちらも会社へ連絡して、準備をします」

と、千葉は言った。

礼子と涼子、二人とも涙を拭《ぬぐ》っていた。

「なに、ちゃんと取り戻すよ」

と、片山は涼子の肩を叩いて言った。「ひとみちゃんも、お金もね」

「はい」

そこへ、

「申し訳ありません」

と、もう一人、進み出たのは丸山ゆずるである。「兄のせいで……。私にお金は用意できませんが、もし兄を見付けたら、かみついてやります」

――〈高原ホテル〉は、消防も入って大変なことになっているので、辻川博巳が手配して、車で三十分ほどのリゾートホテルへ、全員移っていた。

「お兄さん」

晴美がラウンジへやって来た。

「どうした？」

「パリがいないの」

「何だって？」

「ニャー」

と、ホームズが鳴いて、片山も思い出した。

「あの子猫か！　いない？」

「ひとみが連れてったと思います」

と、涼子は言った。「部屋を出て行くとき、一緒に行ったようでした」

「すると、パリも一緒か」

片山は、「森川とひとみ君、そして子猫か。その三人連れなら目立ちそうだ」

と言って、すぐ手配に立って行った。

まさか、五十嵐秋代と太一の親子が一緒で、どう見ても四人家族、プラス子猫の状態で森川が逃げているとは、片山も思っていないのである。

「――どうですかな、お部屋の方は？」

と、辻川博巳がやって来て言った。

「充分ですわ。お気づかい下さって」

と、礼子が言った。

「おい、友世、宮前君の行方は分らんのか」

「ええ。姿をくらましてるってことは、やっぱり仲間だったのね」

「人は見かけによらんな」

と、辻川博巳が首を振って言った。

「安西さんが殺されたのはどうしてかしら？」

と、友世は言った。

「安西は休みを取っていたが……。あのホテルの近くへ来ていたとはな」

「お父さん。それってどういう意味？」

「友世。——お前だって分っていただろう。安西はお前と結婚して、会社を継ぐつもりだった」

友世はちょっと目を伏せて、

「でも——寿男さんが現われなくても、私、安西さんと結婚なんかしなかったわ」

「そうだろうな」

と、博巳は肯いて、「しかし、安西はそう思わなかったろう。寿男君のせいで、自分の夢をぶち壊されたと思っていたはずだ」

「確かに」

と、寿男が肯いた。「時々、僕を見る目にはっきり敵意を感じたよ」

「じゃ、何か私たちに……」

「どんなつもりで来ていたかは分らんが、何か企んでいたのだろう」

と、博巳は言った。

「じゃ……もしかして森川が？」

と、晴美が言った。

「どう係っていたのかな」

と、片山は首を振ったが、「——宮前さん？」

と、目を見開いた。

みんな一斉に振り返った。

宮前あかりが、ひどく疲れ切った様子で、ロビーへ入って来たのである。

「宮前君……」

と、寿男が立ち上る。

「こちらでしたか」

と、あかりは言って、床にペタッと座ると、

「申し訳ありません」

と、手をついた。

「まあ、座りなさい」

と、寿男はあかりを立たせて、空いた椅子に座らせると、「君、〈高原ホテル〉で何をしたんだ？」

あかりは胸を押えて、

「すみません……。お水を一杯……」

グラスに冷たい水をもらうと、あかりは一気に飲み干して、息をついた。

「安西さんが――連絡して来たんです。会いたいと言って。私……何の用か見当つかなかったんですけど、ともかく一度会ってくれと言うので……」

と、あかりは言った。

「安西は死んだよ」

と、博巳に言われて、あかりは息を呑むと、

「本当ですか！」

「撃たれていた」

「まあ……。それじゃあの男に……」

「誰ですか、それは？」

と、片山が訊いた。

「分りません。銃を持っていて、言う通りにしないと安西さんを殺すと言いました」

「それでホテルに手引きを？」

「話があると言って……。辻川さんに」

「僕に？」

寿男がびっくりして、「何の話が？」

「分りません。ただ——片山さんたちもいるし、いざっていうときは大丈夫だろうと思って……」

「どういうことだろう」

寿男は眉を寄せて、「僕が忘れてることと係りが……」

「そんなことないわよ！」

友世が寿男の肩をしっかりと抱いた。

「ホテルの中へ入って——」

と、あかりが続けた。「辻川さんの所へ案内しろと言われました。でも、何とかごまかしてやれないかと思っていたら、ロビーで火の手が上り……」

「あなたたちの後から、森川が入って来たんですよ」

片山の話を聞いて、

「そうだったんですか」

と、あかりは肯いた。「スプリンクラーが水を降らせて、辺りが真白になったので、その男は焦《あせ》って『逃げるぞ』と言って、私の手を引張って、別の出口から外へ……」

「それで？」

「外は暗かったし、火事騒ぎで、人が出入りしていたので、私は思い切って、男の手を振り切って逃げました。撃たれるかと思いましたが、近くに人がいて、撃てなかったんでしょう」

「どこへ逃げたんですか？」

と、片山は訊いた。

「山の中です。ともかく道を歩いてたら、また見付かると思って……。林の中へ飛び込んで行って、隠れていました」

あかりは身震いして、「寒かったですけど、ホッとしたせいもあってか、木にもたれて眠っていたんです。目が覚めたら、ホテルにはもう皆さん、おられなかったので……」

片山は、ひとみの話していた様子と、あかりの説明とに、微妙なずれがあると思った。

ひとみの言い方では、あかりが「脅されて仕方なく」ではないようだった。

もちろん、ひとみの印象も間違っていないだろう。あかりの方に、むしろ何か隠していることがあるような気がした。

「――安西さんが殺されたなんて」

と、あかりは息をついて、「でも、止められなかったんです、私には……」

「分った」

と、博巳が言った。「ともかく、ひどい様子だ。少し休め。片山さん、よろしいですかな？」

「ええ、もちろん」

今は、あかりを追い詰めない方がいい、と片山は思った。

「許していただけますか」

と、あかりは頭を垂れた。

「ともかく、部屋を取って休みたまえ」

と、寿男が言った。「話は落ちついてから、また聞くよ」

あかりは、ホテルの人間の案内で、ラウンジを出て行った。

「あなた……」

友世が寿男の手を握って、「心配しないで。大丈夫よ」

「ああ……。しかし、安西さんを殺すような男が、僕を捜していたとなると……」

寿男が不安に思うのは当然だろう。

「ともかく、今は冷静になる時間が必要だ」

と、博巳が言った。

「そう。それに、まずはひとみ君を救うことが先決ですよ」

と、千葉が言った。

「そうだ！　早速、金の手配を……」

辻川と千葉が打合せを始めるのを、涼子は涙ぐんで眺めていた。

「――お兄さん」

晴美がそばへ寄って、「どう思う？」

「今の宮前あかりの話か？」

片山は考え込んで、「半分くらいは本当だろうな」

「私もそう思ったわ」

「今は自由にさせておいて、その代り、動きに目をつけていよう」

ともかく、まずは加賀ひとみを無事に取り戻すことだ。――片山は車椅子の涼子を見て、そう思った。

席へ戻ると、森川は上機嫌で、

「いい友だちを持つと、いざってときは便利だな」

と、加賀ひとみに言った。

「どういう意味？」

と、ひとみが訊く。

「辻川って奴に電話した。即座に金を出すと言ったぜ」

「辻川さんが……」

「ああ。お前の姉さんが辻川の女房の命を助けたんだろ。当然だな」

「でも……」

と、ひとみが目を伏せる。

「いくらですって？」

と、五十嵐秋代が言った。

「五千万。即座に用意すると言った」

「大したもんね！」

「まあ、あいつはこの娘を取り戻すのを第一に考えるだろう。金を受け取るのも、むずかしくない」

「でも、刑事も一緒なんでしょ？」

「ああ、片山とかって、何だか頼りねえ感じの奴だそうだ。──大丈夫。この娘をつかんでる限り、向うは手出ししねえよ」

ひとみは、聞いていて、申し訳ない気持だった。

姉もきっと、辻川にすまないと思っているだろう。

ひとみは、姉にそんな思いをさせてしまっていることに、胸が痛んだ。

「お願い」

と、ひとみは言った。「私とパリに乱暴なこと、しないでね」

「心配するな」

と、森川は言って、ニヤリと笑った。「俺は約束を守る。約束ってのは大切だからな。そうだろ?」

ひとみは黙って肯いた……。

12　情報

「片山さん」

石津がラウンジにいた片山の方へとやって来た。

「どうした？」

「ええ、ちょっと……。何だか妙な話なんですが。別にこっちとは関係ないかも……」

「ニャー」

ホームズが、少し苛々した声を上げた。

「早く用件を言え！」

と言っているようで、石津はあわてて、

「すみません！」

「何を謝ってるんだ？」

「いえ、別に。ホームズさんを怒らせてしまったかと……」

「大丈夫よ」

一緒にいた晴美が言った。「それで、何があったの？」

「駅の駅員から連絡があったとかで」

と、石津が言った。「駅の仮雇いの女性が何も言わずに出て来ないそうで」

「女性？」

「ええ、五十嵐秋代という女性で、十歳ぐらいの男の子と二人で暮していたそうですが。

――連絡がつかないので、心配して二人の家にも行ってみたそうですが」

「それで？」

「家はもぬけの殻で、誰もいなかったそうです。そして近所の奥さんたちに話を聞きましたが、やっぱり勝手に出て行ってしまったらしく……」

石津はそう言って、「この女の家に、男と子供が」

「男と子供？」

「今朝早く車で出かけるのを、たまたま近所の人が見たんですが、今までその家にいなかった男と女の子が車に乗って行ったそうです」

「女の子？　確かなんだな」

「ええ。そして、女の子が子猫を抱いていたそうです」

片山と晴美は顔を見合せた。

「お兄さん――」

「その女の車は分るな」

「ええ」

「すぐ手配だ。森川とひとみちゃんだけでないとしたら、見逃してるかもしれない」

「分りました！」

石津が駆け出して行く。

ロビーに車椅子の涼子が出て来て、石津とすれ違った。

「――片山さん」

「涼子君、大丈夫か？」

「ええ。何かあったんですか？」

「まだはっきりしないんだが……」

と前置きして、片山は今の話を伝えた。

「子猫を！　じゃ、きっとひとみです」

「ともかく、車を手配した。どこかで引っかかるだろう」

「ひとみ……。無事でいて……」

と、涼子が祈るように言った。

「車のことなら詳しいんだ」

と、森川が得意げに言った。

「盗めるほど詳しいのね」

と、秋代が苦笑した。「私の車、どうなるのよ」

「どうでもいいだろ、あんなボロ車」

森川たちは、駐車してあった別の車を盗んで乗りかえていた。

「私のことなんか、誰も怪しいと思わないわよ」

と、秋代は言った。

「いや、分らないぞ。あんな小さな町だ、突然姿を消したら目立つ」

「だったら、早く東京へ入りましょ」

「急いでるさ。しかし、急いで事故でも起したら、元も子もない。任せろ」

秋代は肩をすくめて、

「分ったわ。じゃ、私はひと眠りするわ」

と、目をつぶった……。

辻川博巳は部屋のベッドに横になって、ウトウトしていた。

六十になってから、フッと眠くなることがある。――もう若くないということだろうか。

「妙な事件だ……」

と、天井を眺めながら呟く。

しかし、友世は充分に幸せそうらしい。博巳としては、それには感謝しなくてはなるまい。

辻川博巳は二年前に妻を事故で亡くしていた。

その後は、あまり女と縁のない暮しである。

「うん？」

ドアにノックの音がしたようだったが……。

やはりノックの音だ。

「——誰だ？」

と、ベッドに起き上って訊くと、

「宮前です」

と、返事があった。

博巳はドアを開けに行った。

「——どうした」

「申し訳ありません。お昼寝のお時間でしたね」

「いや、眠ってたわけじゃない。——入ってくれ」

「よろしいですか」

宮前あかりが中へ入ってドアを閉めた。

「——何か話か」

「はい。社長を怒らせてしまって、お詫《わ》びしたいと思ったんです」

「なるほど」

「申し訳ありません」

博巳はソファにかけると、

「まあ、誰でも間違いはある」

と言った。「何か飲むか」

つい、そう言っていた。あかりは、飛びつくように、

「よろしければ。ルームサービスを頼みましょうか」

と、電話の方へ手を伸した。

「ああ。それじゃ、ウイスキーにしよう」

「かしこまりました」

あかりがオーダーして、飲物なのですぐに届けられた。

「——寿男さんの秘書として、続けてよろしいでしょうか」

と、あかりは言った。

「それは寿男君が決めるさ」

「私は……」

と、口ごもる。

「何だ？」

「いえ……。勝手を言うようですが、社長の秘書の方が……」

「そうか」

ウイスキーは、思いがけずよく回った。

あかりも飲んで、頬を赤くしている。

二人はしばらく黙っていた。——博巳にはあかりの目的が分っていた。

安易に乗ってしまうべきではないだろう。しかし、今だけなら……。

「——宮前君」

「はい」

「シャワーを浴びて来たらどうだ」

博巳の言葉に、あかりが深く息をついた。

「よろしいでしょうか」

「ああ。ここは広い。のんびり入って来ていいぞ」

「いえ——。すぐに出て来ます」

あかりはグラスを置くと、「待っていて下さいますか」

「ああ」

あかりの目が光っていた。

——どうしたというんだ。

博巳は、自分の気持をつかみかねていた。

おそらく……。そうだ。もともと、博巳は宮前あかりに興味があったのだ。寿男の秘書にしたのも、「危ない」と思っていたからかもしれない。そして今、博巳はあかりを抱こうとしている。

いいのか、これで？

しかし、もう止められない。博巳には分っていた。


「宮前あかりが？」

と、片山は言った。

「ええ」

と、晴美は肯いて、「ちょうど廊下を歩いてたら、あかりさんが辻川博巳さんの部屋へ入ってった」

「そうか……」

「あかりさんは確かに色っぽいわ。辻川博巳さんは引っかかるかもね」

片山はラウンジにいた。――森川たちの行方を追って、方々と連絡を取っていたのである。

「まあ、そこまで口は出せないだろ」

と、片山は言った。

「そうね。男と女のことは、他人には分らない」

「ニャー」

「ホームズもそう思う？」

「車が見付かった」

「あの五十嵐秋代って人の？」

「うん。しかし、どうやら乗り捨てて行ったらしい」

「じゃあ……」

「その近くで、車が盗まれていないか、当ってもらってる」

「そこまでやるのは、やっぱり森川が一緒なのね」

「そうだろうな」

そこへやって来たのは、辻川友世だった。

「片山さん。ご一緒しても？」

「ええ、どうぞ」

友世はコーヒーを注文して、

「主人がずっと気に病んでます。あかりさんの言った男のことで」

「何か記憶が？」

「いえ、分らないので不安なんでしょう」

と、友世は言った。「でも、あかりさんの話がどこまで本当か……」

片山と晴美は顔を見合せた。

「友世さん」

と、晴美が言った。「今、見たんです。宮前あかりさんが、お父様の部屋へ入って行くところを」

友世はそう驚いた様子を見せなかったが、

「そんなことして……。あかりさんの立場を良くするわけですものね」

と、腹を立てたようで、「もともと、父は宮前あかりに関心がありました。私も女だから、分ります。自分に興味を持っていることを隠そうとしない男を誘惑するのは簡単ですわ」

「友世さん――」

友世は立ち上りかけた。

と、晴美が言った。

「父を訪問してやりますわ」

「それはおやめになった方が」

と、晴美は言った。「もう、たぶん手遅れです。それに、友世さんが責めたら、お父様は自分の勝手だと開き直るでしょう」

「でも……」

「お父様も、あかりさんの怪しいところは分っておられるはずです。それでいて、女としての魅力に逆らえなかったとしたら、お父様の中に、友世さんへの後ろめたさがあるはずです。黙っていた方が、お父様はご自分で考えて、何か償《つぐな》いをされようとしますよ、きっと」

晴美の言葉に友世は考え込んだ。

コーヒーが、いいタイミングで来て、友世はそれをゆっくりと飲むと、

「——晴美さんのおっしゃること、分りました」

と言った。「私、カッとなって……。そうですね。きっと父は彼女を抱いても後でそれを恥じていますわ」

「そうだと思います」

と、晴美が肯く。

「ニャー」

「まあ、ホームズさんも同感？」

と、友世は笑ってしまった。

ホームズのひと声で、友世はすっかり冷静さを取り戻した。

「おそらく、宮前あかりさんは何か隠してると思うんです」

と、晴美は言った。「それが何なのか、突き止めるためには、うまくお父様を味方につけたと思わせた方がいいですよ」

「私も、あの人が正直にすべてを話したとは思っていません」

と、友世は肯いて、「でも――こんなこと言ったら失礼かしら。晴美さんって、私よりずっとお若いのに、人の心をよく分ってらっしゃるんですね」

「そんなことありません」

と、晴美は少し照れたように、「ただ、兄と一緒にいると、色んな事件に出くわしますから」

「それだけですか？」

「それと……多少は、男で苦労したことがあるので」

「そうでしょうね。とても大人だわ」

友世はそう言ってから片山の方へ、「いい妹さんを持ってお幸せですね」

「はあ……。そうですかね」

片山は曖昧《あいまい》に言ったのだった……。


「この山道を越えりゃ、広い高速道路へ出るんだ」

と、森川は得意げに言った。「そうすりゃ東京まではせいぜい二、三時間で着く」

「分ったから、ちゃんと前を見て運転して」

と、五十嵐秋代が助手席で言った。

「心配するな。俺の腕を信用しろよ」

森川は上機嫌で鼻歌など歌い出した。

舗装はされているが、何しろ山の中である。クネクネと曲っていて、ほとんどひっきりなしにカーブがある。

右へ左へ、体を引張られて、秋代は車に酔ってしまいそうだった。

「──まだ続くの?」

と、秋代は訊いた。

「もうじきさ。せいぜい、あと一時間だ」

「一時間……」

秋代は気が遠くなりそうだった。

「――うん？」

森川は、ハンドルを切りながら、チラッとバックミラーへ目をやって、「車がいるか？」

秋代は振り向いてみた。後ろの座席で、太一とひとみは眠り込んでいる。

「車がついて来てるわ」

「こんな道で、珍しいな」

森川は真顔になって、ハンドルを握り直すと、アクセルを踏んだ。

「ちょっと！　大丈夫？」

「心配するな。こう見えても……」

と言いかけたものの、後が続かない。

しばらく、スピードを上げて走ってから、

「もう大丈夫だろう」

と、息をついた。

「お願い。もうこんな運転しないでね」

秋代が胸をなでおろしている。

すると――。

「どうなってる！」

と、森川が怒鳴った。

「何よ、いきなり」

「後ろだ」

と、森川が言った。

秋代は振り返って、

「まあ……」

あの車が、ピタリと森川たちの車について来ていたのである。

「見えるか、中が？」

「いえ……。景色が映り込んで、運転手の顔は見えないわ」

車は少し洒落た外国の赤いスポーツカーだった。

森川は少しスピードを落とした。

ついて来る車もスピードを落とす。そして森川がアクセルを踏むと、同じようにしてピタリとついて来る。

道は狭いが、車二台すれ違えるくらいの幅はあった。

森川は窓を下ろすと、後ろの車に向って、「先へ行け」と合図した。

しかし、後ろの車は全く無視してついて来る。

「畜生……」

これはわざとだ。こっちのことを分っている。

「向うは誰か知らないが、子供たちを起しておいた方がいいぜ」

秋代が何度か呼びかけると、やっと太一は目覚めた。

「太一、起きて」

「ママ……。どうしたの？」

「あのね、ちゃんと座って」

その瞬間、後ろの車が一気に加速し、森川たちの車に追突して来た。

「危ねえ！」

森川は必死でハンドルを握りしめた。

その車は二度、三度と後ろからぶつけて来た。

「畜生！」

森川は思い切りアクセルを踏んだ。

一気に加速。

「どうだ！　追いつけるもんなら、追いついてみろ！」

その瞬間、急カーブが目の前に迫っていた。思い切りハンドルを切ったが、間に合なかった。

車体をガードレールがこすった。しかし、ガードレールがあるのはカーブの一部だけだった。

「やめて！」

と、秋代は叫んだ。

森川たちの車は、道をそれ、急な斜面へと突っ込んで行った。

ひとみは、森川の運転していた車の後部座席で、ギュッとパリを抱きしめた。

車は道を外れて、急な斜面を飛びはねるように落ちて行く。

何が何だか、分らなかった。

「畜生！」

と、森川が怒鳴った。「おい！　しっかりつかまれ！」

つかまれ、ったって、どこに？

ひとみは子猫のパリを抱いているから、つかまることなんかできなかった。

崖でこそなかったが、車の中にいる身にとっては、真っ逆様に落ちて行く感じである。

「どうなってんの！」

と叫んだのは助手席の五十嵐秋代で、「太一、頑張って！」

我が子へと声をかけたものの、何をどう頑張れと言っているのか、むろん自分でも分っていないのである。

「畜生!」

と、森川は怒鳴り、

「神様!」

と、秋代は叫び、

「ママ!　怖い!」

と、太一は泣き声を上げ、

「お姉ちゃん!」

と、ひとみは呼んだ。

その四重唱は、車が深い茂みに突っ込んで終った。

そして……どこがどうなったのか、上下も左右も分らない状態で、ともかくひとみは車から這い出していた。

「ああ……。私、生きてる?」

と、ひとみは口に出して言ってみた。

「ニャー……」

と、声がした。

「パリ!　パリ!　どこ?」

「ニャー……」

いやに近くに聞こえた。よく見ると、近いはずで、ひとみは自分でも気が付かないままに、子猫をしっかりと抱きしめていたのだ。

手や足は所々ひりひりと痛かったが、そうひどいけがもしていないようだ。

でも……ここ、どんな所？

やっと体を起して、周りを見回す余裕ができた。——車はほとんど逆立ちするような格好で、斜面の途中のくぼみに突っ込んでいる。

そのくぼみには落葉や枯枝がたまっていたので、車はそこへ鼻先を突っ込み、停っていた。

斜面の先へ目をやって、ひとみはゾッとした。——その先は急に落ち込んで、ずっと下には岩だらけの渓流が見下ろせた。

あそこまで落ちていたら……。

とても生きていられなかったろう。

他の人たちはどうしたんだろう？　ひとみは車の方へ目をやった。とたんに、

「畜生！」

という森川の声が聞こえて来た。

「大丈夫ですか？」

と、ひとみが声をかけると、

「大丈夫なわけねえだろ！」

と、森川が怒鳴った。「お前、どうやって外へ出たんだ」

「分んない。気が付いたら出てたの。——太一ちゃんは？」

「人のことなんか知るか！」

「でも……」

と、ひとみが言いかけたときだった。

ザザッと頭上で音がして、砂が落ちて来た。見上げたひとみは、自分の方へと伸びて来るロープを、呆気に取られて眺めていた……。

13 招集

朝食のビュッフェの食堂。

辻川博巳が入って来た。——食堂には、辻川寿男と友世、千葉克茂と礼子、それに子供たち、丸山ゆずる親子、片山たちも既に席についていた。

辻川博巳は、あえて入口の所で足を止め、ゆっくりと食堂の中を見渡した。

「お父さん、おはよう」

と、友世が声をかけた。

「ああ、おはよう」

「おはようございます」

と、寿男が椅子から腰を浮かして挨拶した。

「お父さん、一緒に食べる？」

「いや、俺は……」

博巳は言葉を濁して、空いたテーブルへと向った。誰しも、すぐにその理由が分った。

博巳の後、ほとんど間を置かずに、食堂へ宮前あかりが入って来たのだ。そして、友世たちへ、

「おはようございます」

と、会釈して、そのまま迷うことなく、辻川博巳のテーブルへと向ったのである。

食堂には、もちろん他の客も大勢いたのだが、今度の事件の関係者が一人残らず宮前あかりが親しげに博巳へ笑いかけ、同じテーブルにつくのを見ていた。

「――ゆうべ、夕食はルームサービスだったそうよ」

と、友世は言った。「それも二人分ね」

「そうか」

寿男はコーヒーを飲んで、「そこまでは口を出せないが……」

「でも、あかりさんは何か隠してる。それはちゃんとしゃべってもらわなきゃ」

――晴美は、食堂の入口に車椅子の加賀涼子を見付けて、急いで立ち上ると迎えに行った。

「――何か分りましたか」

ほとんど眠っていないのだろう、充血した目で片山を見ると、訊いた。

「知らせに行こうと思ってた」

と、片山は言った。「森川たちの車が見付かった」

「じゃあ……」

「落ちついて聞いてくれ」

と、片山は涼子の手に手を重ねていた。「車は山道で、崖から落ちたが、ひとみ君は助かった」

「それで――」

「森川とひとみ君は他の誰かの車に乗せられて、姿を消した。ただ、森川と一緒に逃げていた五十嵐秋代という女と息子の二人は道へ引き上げられて、そのまま置いて行かれたんだ。その女が、ひとみ君はほとんどけがもしていなくて元気だったと話してる」

「そうですか……」

涼子はホッと息をついたが、「でも、誰がひとみたちを……」

「それが分らないんだ」

と、片山は申し訳なさそうに言った。「五十嵐秋代は、けがをした息子のことに夢中で、ほとんど何も見ていない。自分も額を打って、ぼんやりしていたそうだしね」

「でも――ひとみは大丈夫なんですね」

「うん。ただ、赤い車だったとしか分っていないんだが、その車の男が誰だったのか、どうして森川とひとみ君を連れて行ったのか、分らない。――今、手を尽くして捜しているよ」

「はい」

涼子が懸命に涙をこらえているのが、片山にも分った。「――片山さん」

「うん」

「ひとみの猫……パリはどうしたか、分りますか？」

「ああ。――ひとみ君がしっかり抱いていたそうだよ」

片山の言葉に、涼子は初めてかすかな笑みを浮かべて、

「良かった。――それなら、きっとひとみも無事ですね！」

と言った。

その拍子に、涼子の頬に涙がひと筋こぼれ落ちた。

「涼子ちゃん」

と、晴美が言った。「昨日からほとんど何も食べてないんじゃないの？　いけないわ。何か取って来てあげるから」

「あ、すみません。私、自分で――」

「じゃ、一緒に行ってあげる。欲しいものがあったら言って」

「はい、そうします」

晴美と涼子を見送って、片山はため息をついた。

「やれやれ……」

「健気《けなげ》ですね」

と、石津は涙ぐんでいる。

「何としても、ひとみ君を取り戻すんだ」

「そうですね！」

石津の決意は、食べる「量」に現われていた……。


「このフレンチトースト、おいしい！」

と、涼子は言った。「私のホテルでも、フレンチトースト、出してますけど、こんな味にはならないんですよね。どこがいけないんだろ……」

朝食をしっかり食べて、涼子は元気を取り戻したように見えた。

「あれ？　ケータイ……」

涼子は自分のケータイが鳴っているのに気付いた。メールの着信だ。

「え！」

涼子が息を呑んだ。「ひとみだ！」

片山たちが急いで席を立って、涼子のケータイを覗き込む。

ひとみの写真だった。──膝の上にパリがいて、ひとみがその頭を撫でているようだ。

ひとみはカメラを少し照れたように眺めている。

メールがもう一度送られて来た。今度は本文だけだ。

〈写真を見てくれたかな？

ひとみ君は元気だ。私の言う通りにしてくれれば、ひとみ君は無事に帰れる。

ちょうど今ごろ、そのホテルに迎えの車が行くはずだ。それに乗って来てほしい。涼子君だけでなく、そのホテルにいる関係者すべて。

刑事も一緒で構わない。いや、ぜひ同行してほしい。

これは脅迫ではない。「裁き」への案内だ。正義の裁きを下す証人に、なってほしい。

ひとみ君は、その裁きを邪魔されないための「人質」だ。では、お待ちしている。〉

名前も何もない。

「お兄さん……」

と、晴美が言いかけると、

「失礼いたします」

と、ホテルのフロントの係が声をかけた。

「お迎えの車が来ております」

片山は一瞬、立ちすくんだ。

「どうする？」

と、晴美が訊く。

「私――行かないと」

と、涼子は言った。

「どうしたんだね？」

と、辻川寿男が立ち上ると、それをきっかけに、居合せた関係者たちが集まって来た。

片山がメールとひとみの写真を見せて、

「迎えの車に乗って行きます」

と言った。「ひとみ君がどこにいるか見当もつかない現状からして、そうする以外にないでしょう。ただ――『関係者すべて』とありますが、一緒に行かれるかどうかはお任せします」

「行きましょう」

と、寿男が言った。「ひとみちゃんを危険にさらすわけにはいかない」

「ありがとうございます」

と、涼子が言った。

「友世、君はホテルに残れ」

「いいえ、行くわ」

と、友世は言った。「『関係者すべて』と言ってるんでしょ？　――お父さん、宮前さんも一緒にね」

「私がどうして――」

と、宮前あかりは不服そうだったが、

「あなたの話が本当かどうか、分るかもしれないわよ」

友世の言葉に、あかりは黙ってしまった。

「僕も行く」

と、千葉が立って来て言った。「礼子、君は子供たちと……」

「いいえ、私はたぶん行くべきなんだわ」

と、礼子は言った。「それに、その人は森川も連れて行ったんでしょ？　しっかりあの人と向き合なきゃ」

「しかし――」

「子供たちはホテルの方にお願いするわ。大丈夫よ」

「私もそうします」

と言ったのは、丸山ゆずるだった。「兄に言いたいことを言ってやりますわ」

「結構な人数だけど――」

と、片山はホテルの男に「乗り切れるかな？」

「お迎えの車は大型バスでございます」

向うも当然予測しているのだ。

片山は石津へ、

「お前、別の車でバスの後をついて来てくれ。着いた場所を確認したら、手配しろ。しかし、勝手に動くなよ」

「分りました」

片山は晴美とホームズの方へ、

「いいな？」

と、肯いて見せた。「では、出かけましょうか」


バスは快適だった。

しばらく高速道路を走ってから下りた。

ハイヤー会社のバスで、運転手はただ行先の住所を聞かされているだけだった。

片山と晴美は一番前の席に。むろんホームズも一緒だ。

そして、バスの中には千葉と礼子、辻川寿男と友世の夫婦。そして辻川博巳と宮前あかりは、さすがに別々に座っていた。

加賀涼子は片山たちのすぐ後ろにいた。車椅子は折りたたんで置かれている。

そして丸山ゆずるは、一人後ろの方の席に座っていた……。

「ちゃんとついて来てるだろうな」

片山は少し立ち上って、後ろから石津の車がついて来ているのを確かめた。

「大丈夫よ」

と、晴美が言った。「でも、『正義の裁き』って、どういうことかしら？」

「さあな。ともかく行ってみるしかない」

「ニャー……」

ホームズは何か考えている様子だった。

バスが、広い道から外れて、深い森の中へと入って行く。

「ああ……」

と、少し腰を浮かしたのは、千葉克茂だった。

「どうしたの？」

と、礼子が訊く。

「いや、見憶えがあると思ったんだ」

「ここに？」

「うん。確か、千葉家の別荘がこの辺にあると思う」

「別荘？」

「ああ。君を連れて行く暇はなかったが、あちこちに別荘があるんだ。僕も知らないのがいくつもある。しかし、この先にある別荘には行ったことがあると思う」

と、千葉は言った。「行ったといっても、一度だけだがね……」

やがて、前方にクリーム色の建物が見えて来た。

「やっぱりそうだ」

と、千葉は言った。「あの別荘だ」

「じゃあ……」

バスはその建物の正面に着いた。

「降りましょう」

と、片山は言った。

片山と晴美、そしてホームズがまずバスから降りたが、ホームズは一人、素早く駆け出して、茂みの中に姿を消した。

「ホームズ……」

と、晴美が言った。「どこへ行ったのかしら？」

「何か考えてのことだよ」

と、片山は言った。「ともかく、玄関へ」

次々にバスを降りると、別荘の建物を見上げている。

辻川寿男と千葉が、涼子を抱えてバスから降ろし、積んであった車椅子を広げて、涼子を座らせた。

片山は玄関のドアの前に立って、チャイムを鳴らした。

「入りたまえ」

と、インターホンから声がした。「鍵はかかっていない」

片山はドアを開けた。

玄関ホールだけでもかなりの広さがある。

人の姿はなかった。

正面に両開きのドア。居間なのだろう。ドアの下から明りが洩れている。

「行こう」

片山たちが玄関から上ると、正面の両開きのドアが静かに開いた。

一人の男が立っていた。

スラリと長身の、ツイードの上着を着た三十代らしい男だ。

「ようこそ」

と、その男が言った。

「そうか」

と、千葉が言った。「君は千葉光男君だね」

「その通り」

と、男は言った。「あなたの妻、千葉典子の弟だ」

「なぜこんなことを」

「説明はちゃんとする。中へ入ってくれ」

さっぱりした身なりで、光男はインテリ風でさえあった。

中は、全員入っても充分な広さがあった。

晴美は、車椅子を押して中へ入ると、

「ひとみちゃんはどこです」

と言った。

「片山刑事の妹さんだね」

と、光男は言った。「あの子は無事だ。今のところはね」

「ひとみを返して！」

と、涼子は言った。

「話がすんだらね」

と、光男は言った。「ともかく、座ってくれ。僕の話を聞いてもらおう」

「ひとみちゃんを監禁するのは、理由はどうあれ、犯罪だよ」

と、片山は言った。「まず、あの子を自由にしてやれ」

「それはできない相談だ」

と、光男は余裕のある笑みを浮かべて、「まず、もっと重い、殺人事件について解決してからだ」

「殺人？」

「そう。姉、典子が殺された事件。その犯人は図々しく姉の地位を奪い、さらに新しい妻まで持って、姉を侮辱した」

「光男君――」

「黙っててくれ」

と、光男は初めて怒りの気持を声に出して、「僕の目はごまかせない。姉を殺したのは、夫のあなただ」

「それは違う」

と、辻川寿男が言った。「千葉さんは、ちゃんと裁判で無罪になっている」

「そうだ。アリバイを証言した女がいる」

と、光男は言った。「そこにいる森川礼子だ」

「やめてくれ」

と、千葉が言った。「礼子は僕の妻だ。今は千葉礼子だ」

「そうか。――そんな話は、ここでは通用しないぞ」

と、光男は言った。「その女は、いかにも本当らしい話をでっち上げて、君のアリバイを証言した。しかし、それは嘘だ」

「嘘じゃないわ」

と、礼子は言った。

「いいんだ」

千葉が礼子の肩を抱いて、「黙っていなさい。乗せられてはいけない」

光男がちょっと笑って、

「僕が何も知らないと思ってるのか？　警察は怠慢にも、その女の証言が事実かどうか調べられなかった。しかしね、僕は日本へ帰ってから、時間と金をかけて、じっくりと調べたよ」

光男は得意げに、「森川礼子は、あのとき生活に困っていた。仕事を失くして、子供二人、食べさせていけない状態だった。——そうだろ？　子供の誕生日祝いなんか買う余裕はなかったはずだ」

礼子は固く唇を結んで、じっと光男をにらんでいた。

「つまり——」

と、片山は言った。「礼子さんが偽証したと言うんだね」

「もちろんさ。でなければ、この男は今ごろ刑務所にいた」

光男は、礼子の方へ、「さあ、ここで本当のことを話してもらおう」

と言った。

「本当のことなら、法廷で証言しました」

「そうか。──そう言い張るのなら、あの女の子がどうなってもいいんだな」

TV画面に、ひとみが映っていた。

不安げに部屋の中を見回している。

「卑怯《ひきょう》だわ」

と、礼子は言った。

「偽証して、殺人犯を助けたのとどっちが卑怯かな?」

「待ちなさい」

と、辻川寿男が言った。「君がどう信じているのか知らない。しかし、あの子を人質にして、自分に都合のいい証言をしろと迫っても、誰もそれが真実だとは思わない」

光男も、ちょっと詰った。

「──その通りだ」

と、片山は言った。「強制した証言は、意味がない。君が真実を明らかにしたいのなら、こんな方法は間違ってるよ」

光男は苦笑して、

「刑事さんは殺人犯の味方か」

「そうじゃない。しかし、君のやり方は──」

「僕は、殺された姉の仕返しをしたいんだ！」

と、光男は言った。「そのためなら、手荒なこともする」

「やめて！」

と、涼子が叫ぶように言った。「ひとみを返して！」

「返してほしければ、その女に事実を話してくれと頼むんだな」

光男はそう言って、ＴＶの方へ目をやった。「さもないと――」

そのとき――ＴＶの画面にヌッと何かが現われた。

カメラの目の前に顔を出したのは――少しピントがぼけているが、三毛猫だった。

「ホームズだわ！」

と、晴美が言った。

「ひとみ君はこの家の中にいる」

と、片山は立ち上ると、「捜し出しましょう。すぐに見付かる」

そのとき、ホームズが思い切り甲高《かんだか》い声で鳴いた。ＴＶ画面からも聞こえたが、

「廊下から聞こえた！」

と、寿男が廊下へと駆け出して行く。

再びホームズが鳴くと、

「あっちだ！」

寿男を追って、千葉も走って来ると、

「おそらく地下室です！」

「地下室？」

「前に来たとき、見せてもらった。そこのドアです」

片山たちも駆けつけて来た。

「鍵がかかってる」

「体当りすれば……」

と、片山は言って、「晴美！」

「今呼んだわ」

さすがに手回しがいい。——玄関から飛び込んで来たのは石津だった。

「片山さん。手配しました。こっちへ何台もパトカーが向っています」

「よし。お前、このドアに体当りしてくれないか」

「お安いご用です」

石津が上着を脱いで、左の肩に丸めて当てると、そのドアに向ってぶつかって行った。

14　もう一人の犯人

頑丈なドアだったが、石津が三度目にぶつかると、メリメリと音がして、鍵がふっ飛んだ。

「やった！」

晴美が手を打って、「石津さん！　やっぱりこういうときは頼りになるわ！」

石津はポッと赤くなった……。

ドアを開けて、片山を先頭に階段を下りて行くと、もう一つドアがあって、それは体当りするまでもなく、石津が力任せにノブを引っ張ると、音をたてて開いた。

「ホームズ！」

と、晴美が呼んだ。「よくやった！」

「ひとみ君！」

寿男が言った。「良かった！」

「きっと助けに来てくれる、って思ってた」

と、ひとみが言って、「パリがね、鳴いてホームズを呼んでくれたの」

ホームズがトットと駆けて来て、得意げに、

「ニャン」

と鳴いた。

「どこから入ったの？」

と、晴美が訊くと、

「あの換気孔」

と、ひとみが天井近くを指さした。

「涼子ちゃんが心配してる。——石津さん！　ひとみちゃんを上に運んで」

と、晴美が言った……。


「お姉ちゃん！」

「ひとみ！　良かった！」

涼子が車椅子で両手を広げると、ひとみが駆け寄って、二人は抱き合った。

片山は居間へ戻って来ると、

「千葉光男は？」

と、中を見回した。

「いつの間にか、いなくなってた」

と、涼子は言った。

「俺も気付かなかったな」

と、辻川博巳が言った。「出て行ったんだろう。たぶん、逃げたんじゃないのか」

「どうかな」

片山は石津の方へ、「森川もここにいるはずだ。中を捜そう」

「分りました」

「もし、ここに戻って来たら？」

と、晴美が訊く。「一人は残った方がいいわよ。応援が来るのを待つか」

「そうか……」

千葉光男だけではない。ここに集まっている人たちの安全を考えたら、放ってはいけない。

「よし。石津。玄関で誰も出て行かないように見張ってくれ。パトカーが来たら、俺が出て行って指示する」

「分りました！」

石津は、玄関ホールにしっかり足を踏ん張って仁王《におう》立ちになった。

「ひとみちゃん」

と、礼子が言った。「あなた——森川と一緒だったのね」

「ええ」

と、ひとみは肯いた。「パリを殺すって脅したけど、約束は守ってくれた……」

ひとみの話を聞いて、礼子は、

「そう。あの人は変なこだわりがあって、約束を守る、ってことを、とても気にするの」

と肯いた。「でも、あの人が人殺しなのは本当だから。あなたが無事で良かった」

「パリとホームズのおかげ」

と、ひとみは微笑んで、ホームズの方へ手を振った。

ホームズが、ちょっと得意げに胸を張った……。

「森川と、この家の中で会ったかい？」

と、片山が訊いた。

「いいえ。私は地下へ連れて行かれて。そのとき、森川さんはそこのソファにぐったりしてた」

と、ソファを指さす。

「ぐったり？」

「車が落ちたとき、けがしたんだと思う。ここまで車で連れて来られる間も、痛い、って文句言ってた」

「ひどいけが？」

「そうでもなかったと思う。あの男の人からお酒もらって飲んでた」

晴美が話を聞いて、

「千葉光男はどうして森川を連れて来たのかしら？」

と言った。

「何かに使えると思ったからだろう」

と、片山が言った。

「私への仕返しでしょう」

と、礼子は暗い表情になって、「私が千葉さんと結婚したことが許せなかったんだと思います。――光男さんは、私にしゃべらせるのに、森川を利用するつもりだったのかも……」

だが、それだけではない。――片山は、辻川博巳にすがりつくようにぴったり身を寄せている宮前あかりへ目をやった。

あかりが話したことが本当なら、もう一人の男がいる。辻川寿男に用があると言った男……。

その男はどこへ行ったのか？

「ひとみ君」

と、片山は言った。「あの千葉光男って男と、森川以外に、この家に誰かいる様子はなかったかい？」

「他に……」

ひとみは膝にのせたパリを撫でながら考えていたが——。やがて、ふっと、

「あ……。私たちがここに着いて、この居間に連れ込まれたとき、誰かが向うのドアから出て行くのがチラッと見えた」

「どんな男だった？」

「分んないな。本当にちょっとしか見えなかったから……」

「そうか」

そのとき、パトカーのサイレンがいくつか重なって聞こえて来た……。

「じゃ、皆さんはこの居間にいて下さい」

と、片山は言った。「警官がドアの前にいますから大丈夫です。この家の中を捜索して来ます」

「ニャー」

ホームズも、捜索に加わるつもりのようだった。

「よし、一階と二階、手分けして捜そう」

片山は、一階を石津に任せ、自分は晴美、ホームズと、そして駆けつけて来た警官たちと共に、二階へと上って行った。


「おかしいな……」

片山たちは、少し息を弾ませながら、一階の居間へ戻って来た。

「どうでした？」

と、辻川が訊く。

「見付かりません」

と、片山は首を振って、「外へ逃げたはずはないんですが……」

「広いですしね、ここは」

と、千葉克茂が言った。「どこかに秘密の出入口があるのかもしれません」

「そんな話を？」

「以前、ここへ来たとき、典子から聞いたような気がします。『ここって、面白い建物なのよ』と言っていました」

「そのつもりで、もう一度調べる必要があるな」

と、片山は言った。

「でも、ずっとここでみんな待ってるの？」

と、晴美が言った。

「ニャー」

と、ホームズが言った。

「まあ、確かに……」

片山はホームズを見て、「うん。見付からなかったら、引き上げるしかないよな」

と言った……。

一階を調べた石津も、手がかりなく戻って来た。

片山は、居間にいる関係者たちへ、

「これ以上、ここにいても仕方ないでしょう。千葉光男はおそらく逃亡したと思われます。引き上げましょう」

と話をした。

ホッとした空気が流れた。

「車の手配に少し時間がかかると思います」

と、片山は言った。

そして——三十分後、片山たちはパトカーや呼んだタクシーに分乗して、千葉家の別荘を後にした。来るときに乗って来たバスは引き上げてしまっていたのだ。

「お姉ちゃん」

ひとみは涼子の手をしっかり握って、一緒の車に乗った。そしてパリも一緒に……。

一台、また一台と車が出発し、やがて別荘はひっそりと静まり返った。


一時間ほどたって、居間の暖炉の奥で、ゴソゴソと音がした。

そして、マントルピースの棚そのものが、ゆっくりと開いて来た。

「やれやれ……」

と、姿を現わした森川が苛々と、「傷の手当も後回しか」

「逮捕されるよりいいだろ」

と言ったのは、千葉光男である。

「何か食わしてくれ！　死にそうだ」

と、森川がソファにぐったりと座る。

「台所へ行けば、冷凍食品が山ほどある」

と、光男は言った。

森川は、あちこち痛かったようだが、空腹の方が辛かったらしく、ちょっと足を引きずりながら、台所へ向った。

——冷凍庫は確かに大きくて、中は何でも詰っていた。

電子レンジで温める何分間かも待つのが辛かったらしい。森川は、ピラフやパスタを、猛烈な勢いで食べた。

「——少しは気がすんだか？」

と、呆れたように見ていた光男が言った。

「ああ。生き返ったぜ」

と、森川は言って、「それにしても、計画通りに行かなかったじゃないか」

「計算違いはあるものさ」

と、光男は肩をすくめた。

「しかし、諦めやしないぞ。必ず堤の奴には罪を償わせてやる」

「堤？」

「ああ。千葉克茂の以前の姓だ」

と、光男は言った。

「なるほど。——おい、救急箱か何かないのか」

「どこかその辺にあるだろ」

と、光男が台所の戸棚を見て言った。

「仕方ねえな。自分で手当するか」

森川は、戸棚をあちこち開けて、やっと救急箱を見付けると、椅子にかけて、膝や肘《ひじ》の傷を消毒した。

「いてて……」

と、顔をしかめて、「お前が乱暴なことしやがるから……」

「俺の趣味だ」

「そういや、もう一人の奴、どこに行ったんだ?」

と、森川が訊く。

「どこかな。勝手に隠れてたようだが」

と、光男が言うと、

「俺を捜してるのか」

と、声がした。

「——そんな物しまえよ」

と、光男は男の手にある拳銃を見て言った。

「これがないと落ちつかなくてな」

と、男は言った。

「辻川に用だと言ってたな。何者なんだ、お前は?」

「俺の名は北里《きたざと》。——まあ簡単に言えば強盗の常習犯だ」

「へえ。——あの辻川に何の用だ?」

「あいつは辻川って名じゃない。加賀って名で、俺の仲間だった」

「強盗の？」

「ああ。大仕事をして、追い詰められたとき、加賀が一人で車を運転して逃げた。俺とは後で落ち合うことになってたが……。あいつは来なかった」

と、北里と名のった男は言った。

「じゃ、金はあったのか？」

「ああ。五千万以上だった。ひょっとしたら一億あったかもしれねえ」

「しかし、今は結構いい生活してるじゃないか」

と、千葉光男が言った。「辻川は〈Tカンパニー〉の取締役だぞ」

「何があったのか、俺は知らねえ。しかし、奴が金を持って消えたことは確かだ」

と、北里は言った。「そのおかげで、俺は無一文で逃げ回らなきゃならなかった。

──苦労したんだ。その借りは返す」

北里は、そう言って、

「酒はないのか」

と訊いた。

「居間の棚に入ってるのを勝手に飲めよ」

と、光男は言った。「しかし、ここに長居しない方がいい。夜になって明りを点けたら、また調べに来るかもしれないからな」

「車に乗せてくれるんだろうな」

と、森川は言った。「傷だらけにされちゃかなわねえ」

「好きな所へ送ってやるよ」

と、光男は言った。

光男と森川が居間へ戻ると、北里は高級なウイスキーをグラス一杯に注いでガブガブ飲んでいた。

「――旨い！　いいウイスキーだな！」

もう一杯、注ごうとして、グラスからウイスキーが溢《あふ》れた。

「おい、何やってんだ」

と、光男が苦笑して、「そんなに飲んで酔ったら、逃げられないぞ」

「なあに、俺はこれぐらいの量じゃ酔わねえよ」

北里は、面白そうに棚の中を覗いて、「ブランデーか。さぞ高いんだろうな」

「持ってってもいいが、重いぞ」

「せっかくだ。一本だけいただいてく」

と、北里はナポレオンのボトルをつかみ出した。「――おい、何だ、これ？」

「どうした？」

北里の顔がこわばった。

「こいつは――隠しマイクだ!」

「何だって?」

「畜生! さっさと引き上げてったので、おかしいと思ったんだ」

と、北里は、棚の天板に貼り付けてあったマイクを引きちぎった。

「警察が来るぞ!」

と、光男が言ったとき、車の音がした。

別荘をパトカーが取り囲む。

「諦めて出て来い!」

と、声がした。

「甘く見たな」

と、北里は言った。「おい、どうするんだ?」

「捕まるなんて冗談じゃない」

と、光男は言った。「僕は殺人の罪を暴いてやるんだ!」

「しかし、どうやって逃げる?」

と、森川が言った。

光男が少し考えて、

「――おい、また少し痛い思いをするが、我慢しろよ」

と言った。


「片山さん」

と、石津が言った。「包囲しました」

「よし。もう一度呼びかけてから突入しよう」

と、片山は言った。「ただ、もう一人の北里って男が銃を持ってる。気を付けないと」

「防弾チョッキをつけた者を先頭にしますか」

「そうだな」

ともかく、警官以外の面々はホテルへ引き上げさせたので、安心だった。人質がいる状態とは大違いだ。

「よし。石津、お前、声が大きいだろ。もう一度呼びかけてみろ」

「片山さん」

「何だ？」

「他に取り柄がないような言い方、しないで下さい」

石津は大真面目に言った。

「分ったよ。早くしろ」

「それじゃ……。何て言いますか？」

「適当でいい！」

そのときだった。

妙な音が聞こえてきた。——ゴーッと唸りを立てているような……。

「ガレージだ」

と、片山が言った。

見える位置に、シャッターの下りたガレージがあった。そこから聞こえてくる。

「片山さん、あれ……」

「うん。エンジンの音だな」

邸内を捜索したとき、ガレージも調べていた。ひとみの言っていた赤いスポーツカーがあった。

「そうか。ガレージに、中からつながってるからな」

「車で逃げるつもりですかね」

「シャッターが上ったら、タイヤを狙《ねら》って撃つんだ！」

エンジンをふかしている音が、どんどん大きく聞こえてくる。

しかし——シャッターが下りたままだ。

「出て来ませんね」

と、石津が言ったときだった。

ガレージのシャッターを突き破って、赤いスポーツカーが飛び出して——来ようとした。

アクション映画でよくある場面だ。しかし、光男たちの計算は少々狂った。

現実は映画のようにうまくはいかないのである。

ガレージのシャッターは、想像より遥《はる》かに頑丈にできていたのだ。

車はシャッターをめくり上げながら出て来たが、どこに引っかかったのか、横滑りして、大きくバウンドした。

「危い！」

ガレージの正面にいた警官たちがあわてて左右へ散った。

車は後ろ向きに飛びはねるようにして、正面の木立ちの中へ突っ込んだ。

見たところ、ただの森だが、実際はそこから急に落ち込む斜面になっていた。

車の姿は、木々の間に埋れるように見えなくなった。そして——数秒後、激しくぶつかる音が響いた。

「片山さん——」

「救急車だ！　それと消防車も！」

「はい！」

片山は木立ちの間をかき分けて行った。

そして、次の瞬間、下の方で爆発が起ると、炎と黒煙が湧《わ》き上ったのだった……。


「まあ……」

晴美は片山から電話を受けて、そう言うしかなかった。「それで……」

片山の話を聞くと、

「分ったわ。——ええ、伝えるから」

晴美はホテルのラウンジに集まっている面々を見渡した。

「どうなったんですか?」

と、礼子が言った。

「ええ、やっぱりあの別荘の中に三人、三人とも隠れていたそうで」

「三人……」

と、辻川が言った。「僕のことを知ってると言ってた男も、ですね」

「捕まったんですか?」

と、宮前あかりが訊いた。

「それが……」

晴美が、車の件を話してやると、

「分ってない……」

と、礼子が首を振った。

「車は大破して炎上したそうです」

「それじゃ……」

「車から投げ出されたらしく、見付かったのは——森川一人だったそうで」

「じゃ、二人は逃げたんでしょうか」

と、辻川が言った。

「負傷はしてるでしょうけど……。今、消防車が来るのを待っているそうで」

「あの……」

と、礼子が言った。「で、森川は——」

「体を岩に打ちつけて、死んでいたそうです」

——しばし、沈黙があった。

「そうですか」

と言ったのは、丸山ゆずるだった。「——みっともない！」

と、ゆずるは言って、

「ちっとも悲しいとは思いませんわ。人を殺して、自業自得です」

「でも——」

と、加賀ひとみが言った。「パリを殺さないでいてくれました」

膝の上のパリを撫でて、

「私、嬉しかった……」

ゆずるは立って行って、ひとみの手を取ると、

「ありがとう……」

と言った。

「ニャー……」

ホームズが、慰めるように、ひと声、鳴いた。

15　病床

「お兄さん」

晴美は車を降りて、「分ったの？」

「たぶん、この病院だ」

と、片山は言った。

「たぶん、って……」

「踏み込めば、他の入院患者に害があるかもしれない」

「それもそうね」

晴美とホームズはその病院を見上げた。

新しい建物で、総合病院ということだった。

車が大破、奇跡的に逃走した千葉光男と北里という男の二人は、必ずどこかの病院に行っている、ということになった。

現場から歩いて行ける範囲の病院に当っていると、タクシーの運転手がそれらしい二人を見た、という連絡が入った。

けがと火傷《やけど》を負って、二人は、

「近くの病院だ！　できるだけ大きい病院にしてくれ」

と言ったらしい。

片山たちは今、その病院の前に来ていたのである。

「片山さん」

石津がやって来た。「今、手配しています！」

「よし。絶対に逃がさないようにするんだ。出入口を全部チェックして固めろ」

「分りました」

「二人が病院のどこにいるか、調べるんだ」

病院から看護師が一人出て来た。中年の、落ちついたベテランらしい女性だ。

「お仕事中申し訳ありません」

と、片山は言った。

「いえ。——事情は伺いました」

看護師は正本梨子《まさもとりこ》といった。

「他の患者さんに危険がないよう、万全の手を打ちます」

「よろしく」

「それで問題の二人ですが……」

「お話を聞いて当ってみました」と、正本梨子は言った。「一人は、かなり重傷で、痛みもひどいので入院させています。三階の病室です」

「何人部屋ですか？」

「空きがなかったので、個室です。〈３０５〉にいます」

「年上の方ですか？」

「はい。若い方の人は、骨折しているらしいので、今レントゲンを撮っています」

「すると、千葉光男がレントゲン室。北里が〈３０５〉か。——場所を教えて下さい」

と、片山は言った。

「はい。入口に、配置図があります」

病院の正面から入ると、全体の平面図が示されていた。

「——レントゲン室は二階です。この右手の上になります」

「なるほど」

「〈３０５〉は廊下を行った奥です」

そこへ、石津が入って来た。

「片山さん、外来の患者は出てもらいますか？」

「少し待て」

と、片山は言った。「騒ぎになると気付かれるかもしれない」

「そうですね。では――」

「踏み込むときになったら、そうしよう。危険にさらすわけにいかない」

「どうぞ、よろしく」

と、正本梨子が言った。「他の入院患者さんにも万一のことが……」

「大丈夫です。慎重にやりますから」

片山は一旦表に出て、各出入口の手配を確認した。

――片山が、二人の居場所を訊いているとき、少し離れて立っていた男が、そっと動いた。

北里は〈305〉だな……。

辻川寿男は、ジャンパー姿で、病院へやって来ていた。

辻川のことを知っていると言った、北里のことが気になっていたのだ。

北里は、かつての辻川を知っているらしい。辻川が忘れてしまった過去のことを。

不安だった。――北里が知っている辻川は何者だったのか。

もちろん、名前も辻川寿男ではないだろう。そして、何かをやって逃げたという……。

北里が警察に捕まってからでなく、その前に、一人で北里の話を聞きたいのだ。

片山たちが外へ出て、忙しく動いている間に、辻川は〈305〉へと急いだ。

病院はかなり広くて、辻川は迷ってしまった。——あまり人に訊くわけにもいかない。

それでも、何とか〈305〉という病室を見付けた。名札は入っていない。

病室へ入ろうとすると、中から戸が開いて看護師が出て来た。辻川は危うくぶつかりそうになった。

「ここにご用ですか？」

と訊かれて、

「いや……。間違えたようです。失礼」

辻川はあわててその場を離れた。

「やれやれ……」

なかなかうまく行かないものだ。

そこへ、

「急患です！　手伝いに！」

と、呼ぶ声がして、看護師が何人か駆けて行った。

今がチャンスだ！

辻川は〈305〉へと急ぐと、素早く中へ入った。

中は薄暗かった。——ベッドのそばには点滴のスタンドが立っている。

眠っているのか。

そっとベッドに近付くと、荒い息づかいが聞こえて来た。

辻川はすぐそばまで行って、覗き込むように見下ろした。

男の顔は半ば包帯で覆われていた。火傷だろうか。そして、腕も分厚く包帯が巻かれている。

点滴は三種類が一緒に入れられている。一つはおそらく痛み止めだろう。

話しかけてもむだかもしれない。――そう思っていると、男は急に頭を動かして、

「誰だ……」

と、口を開いたのである。

「見えるのか」

と、辻川は訊いた。

「何だと？」

目は開いているが、どこを見ているのか、よく分らない。たぶん、意識もはっきりしていないのだろう。

「北里というのか」

と、辻川は言った。

「お前……誰だ」

と、かすれた声で言う。

「辻川だ」

少し間があって、北里は大きく息をつくと、

「お前……お前か！」

と、体を動かして、痛みに呻《うめ》いた。

「動くな。重傷なんだ。――ただ、聞かせてくれ。僕のことを知ってるのか？」

「貴様……。とぼけやがって！」

興奮しているのか、呼吸が荒くなった。

「落ちつけ！　僕は記憶を失ってるんだ。本当だ。車にはねられて――。今の僕は辻川寿男だ。あんたは、本当に昔の僕を知ってるのか」

「でたらめ言いやがると……。畜生、痛くて動けねえ！」

と、悔しげに言った。

「信じてくれ。本当のことなんだ」

「金はどこだ」

「金？」

「そうだ。二人で盗んだ金だ。どこへ隠した？」

「盗んだ？　僕が金を盗んだと言うのか」

「おい、加賀。五千万以上はあったはずだぞ！　どこへやった！」

加賀。――やはり「加賀」なのか。

あの山荘の隠しマイクからは、「加賀」の名が、あまりはっきり聞こえていなかったようなのだ。

もし本当の名が「加賀」だとしたら――。

あの涼子とひとみの姓が加賀だというのと、何か関係があるのだろうか。

「僕は加賀というのか」

と、辻川は訊いた。

「ああ、そうだ。加賀久男《ひさお》ってのが、貴様の名前さ」

「加賀久男……」

と呟いて、「――だめだ、思い出せない」

と、頭を抱えた。

「おい……。金はどこだ？」

と、北里は言った。

「分らんよ。ともかく盗んだと言われても、何も憶えちゃいない」

「知るか！　金の半分は俺のものだ！」

叫ぶように言って、北里は手を辻川の方へ伸ばした。辻川はあわててベッドから離れた。

「おとなしくしてろ！　傷が――」

「金をよこせ！」

北里は懸命に起き上ろうとする。「俺の金だ！」

「むだだ！　じっとしてろ！」

辻川はジリジリと後ずさる。

「貴様……。待て！　逃げるな！」

北里は苦痛に呻きながら、ベッドから身を乗り出した。

「よせ！　頼むから、動くんじゃない！」

と、辻川は言った。

「逃がさねえぞ……。貴様に一人占めされてたまるか！」

北里が必死の形相で辻川へと手を伸ばす。

そして、北里の体はベッドからズルズルと落ちてしまった。点滴の管が引張られて、スタンドが倒れた。

派手な音が響き渡って、廊下に足音がすると、ドアが開いた。

「まあ、どうしたんです！」

看護師がびっくりして、「――誰か！　誰か来て！」

と、大声で呼んだ。

辻川は、よろけるように病室を出た。

白衣の医師が駆けつけて来る。

辻川は、廊下に立って、呆然とその病室を眺めていた。

他にも看護師が数人、駆けつけて来た。

辻川は壁にもたれて立っていた。

「金を盗んだのか……」

恐れていたことだった。——忘れた過去がどんなものだったのか。

不安は的中した。

「友世……」

忘れたといっても、罪は消えない。

どうなるのだろう……。

「——辻川さん」

廊下を、片山刑事がやって来た。晴美とホームズも一緒だ。

「片山さん……。勝手なことをして、すみません」

と、辻川は言った。「千葉光男は——」

「向うも監視していますよ」

「僕は――北里という男と話したかったんです」

「分ります」

と、晴美が肯く。「話せたんですか？」

辻川は小さく肯いて、

「少し、ですが……」

「北里は何と？」

「それが……」

と、辻川が言いかけたとき、病室から医師が出て来た。

「どうしたんですか？」

と、片山が訊く。

「ここの患者は、亡くなりました」

と、医師が言った。「心臓が悪かったようですね。そこへ興奮して……」

辻川は愕然として立ち尽くしていた。

「やれやれ……」

片山はため息をついた。

「申し訳ありません」

と、辻川は言った。「僕のせいで北里が……」

「いや、しかし……。よほど興奮したんでしょうか」

「それは……」

「北里はあなたに何と言ったんです？」

辻川はしばし沈黙した。

北里の話したことを聞いたのは、自分一人なのだ。黙っていれば……。

「いや、それは卑怯だ」

と、辻川は深く息をついて、「あの別荘での話を聞いたんでしょう？　僕は大金を盗んだ強盗の片割れだったようです」

「北里があなたにそう言ったんですか」

「ええ。はっきり顔を見て。――加賀久男、というのが、僕の名だと」

「加賀……」

と、晴美が呟くと、「じゃ、もしかして、涼子ちゃんたちの……」

「その話は後にしよう」

と、片山は言った。

「友世と話したいのですが」

「分ります。しかし、すべて片付いてからにして下さい」

と、片山は言った。「病院を出たところに警官がいます。そこで待っていて下さい」

「分りました」

辻川は肩を落として、エレベーターへと歩いて行った。

「――さあ、千葉光男と対決しよう」

と、片山は言った。


辻川は病院の正面玄関へ向った。

一階の外来待合室は、警官に促されて人々が外へ出ていたので、ガランとしている。

外へ出ると、パトカーが何台も停っていて、ものものしい雰囲気である。

「辻川さん」

千葉克茂がやって来た。

「あ……。どうも」

「やはりみえてたんですね」

と、千葉は言った。「僕も、待機するように言われていたんですが、じっとしていられなくて」

「そうですね……」

「北里という男に会えましたか？」

辻川はちょっとためらってから、

「会いました」

と肯いた。

「何か話はしました？」

「ええ、少し……。でも北里は死にました」

「死んだ？　そうでしたか」

千葉はそれ以上訊かずに、「光男がいるんですね」

「ええ、今ごろ片山さんが向っています」

と言って、辻川は、少し離れて立っている友世に気付いた。

「――あなた」

友世は、辻川が歩み寄ると、抱きついて来た。

「ここは危いよ」

「でも、じっとしていられなかったの。あなたの姿が見えなくて、当然ここへ来てると思ったから」

「そうか」

「――北里に会いに来たのね」

「うん」

「で……どうしたの？」

友世も、あの別荘で北里の話していたことは聞いている。

「奴は僕を見て、すぐに分ったようだ。仲間だったんだ。そして盗んだ金を、どこかへ隠した」

「あなたが？」

「そうだ。そして――北里は死んだ」

「まあ……」

「人違いだ、ととぼけることもできる。しかし、僕自身、以前の自分が誰だったのか、知らなくちゃならない」

「ええ、そうね……」

「北里と話しても全く思い出さないんだ」

と、辻川は言った。「いずれにしても、逮捕され、刑務所だろう」

「あなた……」

「もしかすると、金を盗むときに、誰かを傷つけているかもしれない」

「まさか……」

「忘れたからって、罪は消えない。――君には申し訳ないが」

「あなた！」

友世は夫を抱きしめた。

「せっかく君のおかげで幸せになれたっていうのに、こんなことになって、すまない」

「いいのよ」

友世は涙を拭いて、「私にとって、今のあなたが本当のあなただわ。たとえどんなことになっても、私はあなたを待ってる」

「友世――」

「お父さんだって、分ってくれるわ」

二人はしっかりと手を握り合った……。


二階は、すでに患者も看護師も全員が退去していた。

レントゲン室で、骨折の場所を調べている千葉光男と、その担当医師。そして、ベテランの看護師が一人。――片山たちがレントゲン室の外で待機している。

〈使用中〉のランプが消えると、扉が開いて、白衣にマスクをした医師が、

「終りました」

と言った。

「行くぞ」

と、片山が肯くと、数人の刑事を連れてレントゲン室へと入って行った。

車椅子にかけた男が、検査着を着て、頭を前へ落としている。

そのとき、「う……」という声がして、床へ転り出て来たのは、手足を縛られた看護師だった。

片山はハッとして、車椅子の男の顔を持ち上げた。光男ではない……。

「あの医師だ！」

片山は廊下へと駆け戻った。

「お兄さん——」

「今の医者だ！」

おそらく、実際よりひどい骨折があると言い立てていたのだろう。

「ホームズが見抜いて追って行ったわ」

「どっちへ？」

「来て。石津さんたち何人かが追ってる」

片山は晴美と一緒に廊下を駆け出した。

エレベーターの前で、ホームズが鳴いた。

「エレベーターに乗ったのか」

石津が、

「上に向ってます」

「上に？」

並んだエレベーターの表示階に、光男の乗った箱がどんどん上って行くのが点灯している。

「屋上まで行くぞ。俺たちも行こう」

片山たちは、隣のエレベーターに乗ろうとして——。

屋上階に着くと、光男は隣のエレベーターが動き出すのを確かめた。

「よし」

上って来るぞ。——光男はそのまま下の階に向けてエレベーターを動かした。

今は誰もエレベーターを使っていないから一気に下りて行く。光男は胸の痛みに顔をしかめた。

「畜生……」

車が転落したとき、ハンドルに胸を激しく打ちつけた。肋骨《ろっこつ》が折れているだろう。

しかし、あんなひどい状況で、この程度のことですめば幸運だったと言わなくてはなるまい。

「逃げ切ってやる……」

エレベーターは地階へと降りて行く。一階は大勢警官がいるだろう。

地下の駐車場へ出れば、一台くらいは車を盗めるかもしれない。

地階に着いて、扉が開く。

勢い込んで外へ出ると──。

目の前に、あの三毛猫がチョコンと座っていて、光男を見上げて、

「ニャー」

と鳴いた。

「いらっしゃい」とか、「お待ちしてました」とでも言うように。

「待ってたぞ」

周囲の車のかげから、片山を始め、刑事たちが現われた。

「空の箱が屋上へと追って行ってるよ」

と、片山は言った。

悔しがる元気も失せて、光男はその場に座り込んでしまった。

「いてて……」

と、胸を押える。

「レントゲンをちゃんと撮ってないんだろ？　大方肋骨が折れてるんじゃないのか」

と、片山は言った。

「逮捕する前に治療してくれ」

「一緒にするよ」

片山は光男に手錠をかけて言った、「今度はちゃんとレントゲン検査を受けろ」

「分ったよ。いてて……」

立ち上ると、胸をさすって、「あいつはどうした？」

「北里は死んだ」

「――そうか」

「森川誠二も死んだ。あんなスタントまがいの真似をしなきゃ、どっちも生きてられたのに」

さすがに光男も何も言い返さなかった……。

16　流浪の日

「もう、あんたなんか用はないわ！　出てって！」

その声は、社長室のドアが開いていたので、大勢の耳に届いた。

千葉克茂は冷静だった。

「分ったよ」

と、書類を手に取り、社長室を出て行った。

典子の怒鳴り声に慣れていない秘書や社員たちは、びっくりして、何とも声をかけられずに千葉を見送っていた。しかし、千葉には分っていた。

怒っているのは「社長の典子」なのだ。

今はたまたま社長室のドアが開いていて、外に聞こえてしまったが、社長室の中では、千葉は年中叱られている。

典子はワンマン社長として知られていて、千葉はそれを承知で結婚し、堤という姓も妻に合せた。

しかし、仕事を離れて、自宅へ帰れば、典子は別人のように優しい。むろん、広い家にはお手伝いが二人通って来ていて、典子自身が家事をすることはほとんどない。

それでも夜、お手伝いが帰った後は、典子がコーヒーを淹れたりして、ごく当り前の夫婦になって居間で寛ぐ。

――その日、典子に怒鳴られた千葉は、そのまま社を出た。

怒鳴られたせいではない。もともと、役所の手続きで出かけることになっていたからだ。

だが、社の人間たちの目には、典子に、

「出てって！」

と言われた千葉が、「思い詰めたような顔で」会社を出て行った、と映ったのだ。

本当は社に戻るつもりだったが、役所で思いの他手間取ったので、典子のケータイに電話して、直接帰宅することにした。

十一月十八日。家に着いたのは午後五時少し前だった。日が短く、辺りは大分暗くなっていた。

千葉邸の中は薄暗かった。千葉は一瞬戸惑ったが、いつも夕食後までいるお手伝いが、実家の用とかで早めに帰ると言っていたことを思い出した。

夕食はちゃんと用意して冷蔵庫に入っていた。

千葉は眠気がさして、二階の寝室へ上ってベッドに横になった。二、三日前から風邪気味で薬をのんでいたので眠くなったのだ。

典子が帰れば起してくれる。――千葉はほんの少しのつもりで目を閉じた。

そして――フッと目が覚めると、千葉はナイトテーブルの時計を見た。

五時四十分を少し過ぎている。

典子はもう帰っているだろうか。――社長として、夜はパーティや会合に出ることも多いのだが、何もない日は、五時ぴったりに社を出て帰る。

寝室を出て、階段を下りて行くと、居間の明りが点いていた。

「典子。――帰ったのか」

欠伸しながら居間へ入ると、典子の姿は見えない。テーブルの下に何か落ちているのが、目に入った。

ナイフだ。――どうしてこんな物が？

拾い上げてハッとした。刃が汚れている。

これは血か？

「典子！」

大声で叫んだ。ソファの先を回って、ダイニングの方へ行こうとしたとき何かにつまずいた。

倒れている典子だった。ソファのかげになっていて、気付かなかったのだ。

「典子！」

急いで抱き起すと、手にべっとりと血が付いた。背中に血が広がっていた。

何てことだ……。呆然とした。

しかし、すぐ我に返って、

「救急車だ！」

と、自分に向って言うと、典子をそっと寝かせ、電話へ駆け寄ろうとした。

そのとき、

「待って……」

という声がした。

典子が目を開けて、血で汚れた手をさしのべていた。

「典子。——すぐ救急車を呼ぶから」

と、駆け寄って手を握った。

しかし、典子は、

「いいえ……」

と小さく首を振った。「もう……とても無理。それより、話しておくことが……」

「何言ってるんだ！」

と、千葉は叱りつけて、「すぐ手当すれば——」

「いいから、聞いて！」

典子は力をこめて夫の手をつかんで離さなかった。

「分ったよ」

とても聞きそうにない。千葉は諦めて、「話してごらん」

「ありがとう……」

典子はホッと息を吐いて言った。——こんなにやさしい口調で「ありがとう」と典子が言うのを、千葉は初めて聞いた。

「あなたに……ずっと隠してたことがあるの……」

と典子は言った。「私はあなたを裏切っていた……」

「何だって？」

意外な言葉に、千葉は妻の手が血で汚れていることも忘れそうになった。


「——今でも悔んでいます」

と、千葉克茂は言った。「あのとき、強引にでも、典子の手を振り切って、すぐ救急車を呼んでいたら、万に一つ、典子は助かっていたかもしれない、と思うと……」

——ホテルの一室に、今度の事件の関係者が集まっていた。

片山と石津は、車椅子の千葉光男のそばに立っていた。

ホームズは晴美の膝の上、パリは加賀ひとみの腕を枕に寝ていた……。

「しかし――話し終ると、典子はそのままぐったりとして……。一一九番にかけようとした私は、典子の手首をつかんで青ざめました。脈がない！　胸に耳を当てましたが、もう完全にこと切れていました……」

と、千葉が嘆息して、「こんなことがあるんだ、と呆然としていたのを憶えています。よくお芝居で、死にぎわにあれこれ説明してから、息を引き取るという場面がありますが、いつも見ていて、あんなに都合よく話し終えて死ぬなんておかしい、と思ったものですが、しかし、典子は正にそうだったのです」

千葉の隣に座った礼子が、夫の手をしっかり握っていた。

「どれくらい、ぼんやりしていたか……。やっと我に返った私は、ともかく警察へ連絡しようとして、立ち上り、血で汚れた手を、洗面所で洗いました。――そうする内に、気が付いたのです。この状況は、私が典子を殺したとしか思われないだろう、と」

と、千葉は言った。「家には私と妻だけ。私は凶器のナイフも手にしてしまった。会社では妻から『出て行け』と言われ、私は追いつめられていると映っただろう……」

千葉は首を振って、

「犯人が誰にせよ、目撃者でも出ない限り、私が疑われ、取調べられるのは間違いない。

――私は家を出て、町を歩きました。どうしたらいい？　典子にとって、大切なのは会社でした。父親から受け継いだ〈S商事〉を、何としても守りたかったはずだ。オーナー社長が殺され、その夫が犯人となったら、会社はおしまいです」

千葉は礼子の方をちょっと見て、「私は決心しました。――違法なのは承知で、アリバイを証言してくれる人を捜そう。知り合いや友人ではない赤の他人で、私のために偽証してくれる人。それ以外に思い付かなかったのです」

礼子が、千葉を見て、力づけるように微笑んだ。千葉は続けて、

「いわゆる〈出会い系サイト〉をケータイで見て、相手を捜しました。――もちろん、どんな女性に出会うか分らないのですから、これは賭けでした。そして、待ち合せた場所へやって来たのが、礼子だったのです」

「その日、私は家にいる二人の子供に食べる物を買って帰るだけのお金もありませんでした」

と、礼子が言った。「千葉さんの頼みを、私はすぐ承知しました。事情は知りませんでしたが、この人は誠実な人だ、と思いました。後で事件のことを知り、この人が疑われていることも知りましたが、でもこの人は奥さんを殺してはいない、と直感していました。自分の直感を信じたんです。むろん偽証が罪になることは承知です。でも、私には子供たちを食べさせることが第一で、同時に、千葉さんがやっていない殺人の容疑を

かけられるのを防ぎたくもあったのです」

話を聞いていた片山が、

「あえて法廷でアリバイを証言させて、無実を印象づけたかったんですね」

「そうです。――礼子を責めないで下さい。罪は私にあります」

確かに、法廷で礼子が証言しなければ、ほぼ間違いなく千葉は妻を殺したとして有罪になっていただろう。

片山はともかく、捜査や取調べに当っていた刑事たちは、ほとんど百パーセント、夫が犯人だと決め込んでいた。

「偽証の件については、改めて考えましょう」

と、片山は言った。「問題は、犯人が誰だったのか、という点です」

そして、千葉の方へ、

「典子さんはあなたに、誰に刺されたのか、言ったんですか？」

千葉はちょっと目を伏せて、

「いや……。典子は口にしませんでした」

と答えた。

「しかし、いくら背中を刺されたといっても、あなたに話をする力が残っていたのですから、犯人が誰か、見ていたのでは？」

「それは……何とも……」

「じゃあ――」と、晴美が言った。「亡くなる前に典子さんがあなたに話したのは、どんなことだったんですか？」

当然、そう訊かれることは分っていただろう。――千葉は少しの間、唇をかんで黙っていたが、やがて口を開いた。

「それはお話しできません」

「あなた……」

「それを聞かせていただかないと、やはりあなたに疑いがかかってしまうかもしれませんよ」

と、片山は言った。

「分っています。しかし、典子の話は、殺人とは関係のないことです」

「そうおっしゃっても……」

しばし、困惑した沈黙が広がった。

「――どうしてだ」

と、低い呟きが洩れた。「どうして言わないんだ」

「光男さん……」

「姉が話したのは、僕のことだろう」

と、光男は言った。

ホームズが、ふと何か聞きつけたように頭を上げた。

そして晴美の膝からストンと床へ下り立ったのである。

「ホームズ、どうしたの?」

ホームズは部屋のドアの方へとタッタッと歩いて行く。

「ニャー……」

と、小さな声で鳴いたのは、ホームズではなくパリの方だった。

そして、パリもひとみの膝から床へと身を躍らせたのである。

「パリ……」

パリがホームズを追って行く。

片山と顔を見合せると、晴美は立って、ドアの方へと近付いて行き、パッとドアを開けた。

「――まあ」

と、礼子が立って、「どうしたの?」

ドアの外に立っていたのは、和也と安奈だった。

「僕らも聞きたい」

と、和也が言った。

「うん」

と、安奈が肯く。

「二人とも、後でお母さんが話してあげるから。ね？」

「邪魔しないよ」

と、和也が言った。「一緒にいさせてよ」

「でも……」

礼子が千葉を見る。

すると、和也はトコトコと母の座っていたソファへ駆けて行って、ちょこんと腰をかけた。

「まあ……」

安奈は、千葉の方へと走って行った。そして、

「お膝に乗せて、パパ」

と言った。

「――パパと言ったんだ」

千葉は嬉しそうに安奈を抱き上げて、膝にまたがらせた。

「そうだ。パパだよ。どうだい、座り心地は？」

と訊かれて、安奈は、

「うん」

と肯いて、「なかなかいいよ」

と言った。

みんなが笑った。

礼子は、ちょっと涙ぐんで、

「じゃあ、いいわ。ね、あなた」

「ああ、いいだろう」

礼子は、少し詰めて、隙間に和也を座らせた。

「――光男さん」

と、片山が言った。「それはどういう意味ですか？」

「分ってるんだ」

と、光男は言った。「姉は僕のことを話したはずだ。死ぬ間際に」

「光男君……」

と、千葉は言った。

「そう。――姉を殺したのはこの僕です」

と、光男は言った。

「私はあなたを裏切っていた……」

と、典子は言った。

「何だって？」

千葉は、血まみれの妻を抱きながら、「裏切ってた、って言ったのか？」

「ええ……」

「そんな話は後にしよう。すぐ救急車を――」

「だめよ」

と、典子は夫の手を握りしめて、「もう話す機会が失くなるかもしれない……」

「しかし――君に恋人がいたとしても、今、命がけで話すようなことじゃないだろう」

「普通の恋人ならね……」

と、典子は深く息をして、「そうじゃないの。私の相手は……光男だった」

さすがに千葉もびっくりした。

「光男君？　弟の光男君のことか」

「そう……」

「でも……光男君は行方知れずで……」

「嘘なのよ。光男はずっと日本にいた。しばらくは、姿をくらましていたけど、その内、手持ちのお金が失くなると、連絡して来たのよ」

「それは……」

「自分の秘密を知ったショックからだった」

「秘密？」

「光男は——父が他の女に生ませた子だった」

「そうか」

「その女はもう死んでいたけれど、たまたま女から父へ宛てた手紙が、父の机の引出しから出て来たの。それを光男が読んでしまったのよ」

「そうか……」

「でも、それを読んで光男が家を飛び出してしまったときは、私も戸惑ったわ。もちろんショックだったのは分るけど、それほどのことじゃないと思っていた」

確かに、こういう家なら、そんなことがあってもおかしくはない。光男も、それが分らないほど子供ではなかったはずだ。

「——光男と外で会った私は、初めて知ったの」

と、典子は言った。「光男がずっと少年のころから、私を女として見ていたことを。そして、じっと自分を抑えていたことも……」

「それで光男君は――」

「私と母親が違うと知ったことで、自分の気持が抑えられなくなるのが怖くて、出て行ってしまったのよ」

「そういうことか……」

「私も、光男が哀れになった。ずっと私になついていたし、大人になっても、私のことを大好きだといつも言ってたわ……。光男は、一緒に暮していたら、苦しくなると言った。それで、当分は外国へ行っていることにして、光男は姿を消した。でも、日本の中でずっと方々を旅していたの」

「しかし、それが……」

「でも、何でもなかったのよ、そのときは。ただ――私もあの子につい好き勝手をさせてしまってた。毎月、決ったお金を口座へ振り込んで。そんな暮しが、若い男の子をだめにするぐらいのこと、分りそうなものなのに」

と、典子は少し苦しげに息をついた。

「な、もう話はいいから……」

「いいえ、聞いて。あの子の生活が荒《すさ》んでることは何となく分ってた。父は――父は光男が家を出て行ったことで腹を立ててたわ。そして突然……。あなたも知ってる通り、父は倒れて亡くなった」

「うん、分ってる」

「私はしばらく必死で父の後を継いで頑張ったわ。――本当は光男に戻って来てと頼んだんだけど、光男はもうまともな生活には戻れなくなってた」

「君は……」

「私はあなたと結婚する決心をしたわ。仕事だけの毎日が耐えられなくなったの。家へ帰っても寂しくて……。あなたは承知してくれた。名前も千葉を名のってくれて」

「僕は幸運だったよ」

「ありがとう……。でも、私が結婚したことを知って、光男が……。あの子には、私が他の男のものになるのが耐えられなかったんでしょう」

「それで、君たちは……」

「母親が違うっていっても姉弟なんだから、拒んでたわ。でも、そのころ、光男が知り合った暴力団と係ってる男がいて、その男は光男のことを知ってた」

「その男って？」

「私もよく知らないけど、その男は母親から聞いてたって。光男と兄弟だと」

「兄弟？」

「母親は私の父に一時囲われていて、光男を生んだと。でも本当の光男の父親は、私の父じゃなかったんだと……」

「つまり……君と光男君は、血がつながっていないってことか」

「本当かどうかは分らないけど。その男は、ただ、光男のお金にたかっていたいために、事情を知って、そんな話をでっち上げただけかもしれない。でも、光男にしてみれば、私との間をへだてていた壁が崩れたという気持だったんでしょう。あなたが海外へ出張していたとき、私を呼び出して……」

典子は目を閉じた。「私も……拒み切れなかったの……」

「分った。分ったから、もう――」

「でも、私はあなたに申し訳なくて……。光男に言ったの。私は夫を愛してる、って。もう二度と会わないと。でも――光男は私でなく、あなたを恨んだ。そして、あの男に金をやって、あなたを殺させようとした……」

「何だって？　そいつが君を――」

「あなたが早く帰っていることを知らなくて、ここで待っていた。そこへ私が帰って来たので……。私が警備会社へ通報する非常ボタンを押そうとすると、背中を――」

「典子。じっとして。すぐ救急車を呼ぶ」

と、千葉は言った。

「いいのよ。――良かった、話せて」

典子は、ギュッと力をこめて夫の手を握りしめた。

「嘘だ！」

と、光男が言った。「そんなはずが……」

「さっき、自分で言ったじゃないか、自分が殺した、と」

と、片山は言った。

「それは――姉が殺されたのは僕のせいだ、という意味で言ったんだ。手を下したのはあんたじゃないのか」

「僕は正直に話したよ」

と、千葉は言った。

「じゃあ誰が……」

ホームズがスッと立ち上ると、スタスタと歩いて行って……。

「えっ？　何よ？」

少し離れて椅子にかけていた宮前あかりの前に、ホームズが座ったのである。みんなの目があかりに集まる。

「ちょっと！　――いやだ！　私じゃないわよ！」

「たぶん、そういう意味じゃないのよ」

と、晴美は言った。「きっと、あなたに思い当ることがある、ということじゃないかしら」

「私に？　でも……」

「あなたは光男さんを知らなかったのね」

「ええ。だから、安西さんを人質にして、あの男が――」

と言いかけて、ハッとしたように、「そうだわ。北里って男を初めて見て私は、そのすぐ前に光男さんからファックスが届いてたので、『千葉光男さんね？』って訊いた。北里はそうだ、って言って……。北里は光男さんのことを知ってたわ。海外にいたとか、千葉さんがお姉さんを殺したとか、自分から話してた」

片山は光男を見て、

「君に兄弟だと吹き込んだのは北里だったんだな。そして、君は北里に千葉さんを殺してくれと頼んだ……」

「でも――」

と、晴美が言った。「別荘に仕掛けた隠しマイクでの話だと、知らない同士みたいだったわ」

「あのときは森川が一緒だった」

と、片山が言った。「光男君は、北里との関係を知られたくなかったんだろう」

しばらく沈黙があった。

「――北里は、あんたが姉さんを刺すのを見て逃げた、と言った」

と、光男は言った。「僕は信じてしまったけど……。今思えば、どうしてあんな奴を信じたんだろう」

「光男君」

千葉は車椅子の光男の前に立つと、「最後に典子が何と言ったか、分るかい？『私を刺したのは光男じゃない。光男じゃない』とくり返したんだ」

光男はしばらく目を閉じて身じろぎもしなかったが、やがて息をつくと、

「本当はどうだったんだろう」

と、呟くように言った。「僕と姉さんは、本当の姉弟だったのか……」

「もう終ったことだよ」

と、千葉は言った。「まずけがを治して、それからやり直すんだ。君にはまだまだ未来がある」

片山が石津に肯いて見せると、石津は光男の車椅子を押して行った。

ドアの所で、光男が振り向くと、

「千葉さん」

と言った。「姉さんの会社を、よろしく」

「ああ。頑張るよ」

光男が出て行くと、部屋にホッとした空気が流れた。

すると、涼子がひとみの手を握りながら言った。

「哀しいわね。みんな」

「お姉ちゃん……」

「みんな、何か傷を抱えてる。悲しいことをこらえて生きてる……」

「だから、間違ってると分ってても、つい道を踏み外しちゃうのね」

と、晴美は言った。

「これから色々大変だ」

と、片山はため息をついた。「礼子さんは偽証した。これは事実だ。依頼したのは千葉さん。しかし、そのせいで本当の犯人に辿りついた」

「僕の方が深刻ですよ」

と、辻川寿男が言った。「北里と、大金を盗んだんですから」

「すぐ逮捕されるんでしょうか」

と、友世が辻川の手を握って訊いた。

「いや……。いくら大金を盗んだ、と言われましてもね」

と、片山が困ったように、「具体的に、いつどこでの犯行か、全く分らないんじゃ……。調べてはみましたが、それらしい事件が見当らないんです」

「それじゃ……」

「もしかすると、盗まれても届け出るわけにいかない、裏金のようなものだったのかもしれませんね。事件がなきゃ、逮捕するわけにもいかないので……」

「あなた！」

友世が辻川にキスした。辻川がどぎまぎしている。

「まぁ、しっかりやってくれ」

と、辻川博巳が言って、宮前あかりの腰の辺りを抱いた。

「――ただ、僕の本当の名が加賀久男だとすると」

と、辻川が言って、涼子たちの方を見た。「涼子君、僕を憶えてる？」

涼子は肯いて、

「たぶん」

と言った。「会ったとき、すぐ、お父さんだって思った」

「そうか。調べてみればきっと分るよ。僕は君らを捨てて行ったんだな」

パリを膝にのせたひとみが目を丸くして、

「辻川さんが私たちのパパ？」

「でもね、ひとみ」

と、涼子が言った。「今、この人は辻川さんなの。奥さんもいて、きっと近々子供も生まれる。私たちは私たちで生きて行こうよ。ね？」

「うん……。お姉ちゃんがそれで良けりゃ」

「私は、足が治ったらちゃんと働くし、それにパリだっているでしょう。寂しくなんかないよね」

「うん……。パパはずっといなかったしね」

「涼子君……」

「もう二十歳ですから、私。一人立ちする年齢です」

と、涼子は言った。「ただ、時々会えたら嬉しいけど」

「まあ……」

と、友世が辻川の手を握って、「どっちが大人か分らないわね」

「ニャー」

いいタイミングで、パリがひと声鳴いたので、笑いが起った。

「そういえば――」

と、晴美が言った。「お兄さん、涼子ちゃんとお見合したんだったわね。返事しなきゃ失礼よ」

それを聞いて、

「そうだ！　思い出しちゃった！」

と、涼子が笑顔で言った。「片山さん！　逃げないで！」

部屋を出て行く片山を、ホームズとパリがタッタッタッと追いかけて行った……。

エピローグ

「まあ、仲のいいこと」

晴美はケータイのメールを読んで言った。

「どうしたんだ？」

晴美と一緒にランチを食べていた片山が訊いた。

「千葉礼子さんと、辻川友世さん、二人とも今日、赤ちゃんが生まれたそうよ」

「へえ！　申し合せたみたいだな」

「あれから十か月たったってことね」

晴美はランチに戻って、「お祝いあげなきゃ」

「まとめて一つってわけにいかないかな」

「やめてよ、みっともない」

「冗談だよ」

と、片山は肩をすくめた。

「あら」

晴美が手を振った。——レストランに、加賀涼子が入って来たのである。

「元気？」

「はい。——おめでたのこと……」

「あなたも聞いたの？」

それはそうだ。今、涼子は辻川の会社で働いている。スーツ姿はもうすっかり大人の女性だ。

涼子はコーヒーだけ付合いながら、

「でも、友世さん、怒ってましたよ」

「どうして？」

「宮前あかりさんも妊娠したんですって。社長さんと結婚するみたい」

「まぁ、そうなの」

「人生って面白いですね。色んなことがあって」

森川誠二の妹、丸山ゆずるも、千葉の会社で働けることになって、引越して来た。

辻川寿男の「昔の強盗事件」も、結局分らないままだ。

「みんな、過去を持ってるんですね。人に知られたくない過去を」

と、涼子が言った。

「未来も持ってるよ、みんな」

と、片山は言った。

「パリも、すっかり大きくなっちゃって、もう一人前の猫です」

「心強い後輩だわ」

「あ、そうだ」

と、涼子が言った。「児島さんからメッセージです」

「叔母さんから？」

涼子がケータイにメールを出して片山へ渡した。

〈義太郎ちゃん！ いつまで涼子ちゃんを待たせるの！ 来週、Nホテルの〈ブライダル・フェア〉を予約したからね。絶対いらっしゃいよ！〉

「いや……しかし……」

片山は咳払いして、「君はまだ二十歳だろ。もっと色々付合ってみて……」

「私、二十一になりました」

「あ、そう」

「お兄さん、どうするの？」

——片山は、結局一番追い詰められたのは俺かもしれない、と思った。

解説

山前《やままえ》 譲《ゆずる》
（推理小説研究家）

例のごとく、叔母の児島光枝《こじまみつえ》のセッティングでお見合いをすることになった片山義太郎《かたやまよしたろう》だが、その相手である加賀涼子《かがりようこ》が、車にひかれそうになった辻川友世《つじかわともよ》をかばって怪我をし、入院してしまう。友世は高原のホテルでの療養をすすめ、かくしていつもの面々が涼子と一緒に滞在することになった。友世の夫で〈Tカンパニー〉の部長である辻川寿男《ひさお》や、彼の仕事の関係者である千葉《ちば》夫妻らも集うが、その千葉夫妻には犯罪の影が……。

本書『三毛猫ホームズの証言台』は、「小説宝石」に連載されたのち（二〇一五年四月〜二〇一六年十月）、二〇一六年十二月にカッパ・ノベルス（光文社）の一冊として刊行されました。数えてシリーズの五十一冊目！

振り返ってみれば最初の一冊、『三毛猫ホームズの推理』が刊行されたのは一九七八年四月でしたから、ホームズの活躍は二〇一八年で四十年も続いた長い長い物語となったのです。かといって、彼女の絹のような光沢の毛並みは変わらず、推理の冴えも衰えることはありません。ただ、ホームズがダイエットを考えるような体型になってしまったことは、本書から窺《うかが》えるようですが……。

それはともかく、片山義太郎・晴美《はるみ》という仲のいい兄妹の飼い猫であるホームズは、これまでもさまざまな体験をしてきました。もちろん（！）これまでホテルに泊まったことだってあるのです。

『三毛猫ホームズの黄昏《たそがれ》ホテル』（シリーズ第19弾　以下数字だけで示します）では、山間のリゾートホテルの閉館記念パーティに招待されていました。カッパ・ノベルス版の「著者のことば」には、〈必要なサービスを、必要な時、必要なだけ、受けることができる。それが「いいホテル」というものだろう。――エンタテインメントの世界も似たところがある〉と書かれていて、なるほどと納得したものでした。もっとも、言うは易く行うは難し、です。なかなかそうした満足感は得られないのが現実ではないでしょうか。

また、『三毛猫ホームズの仮面劇場』（38）では、人質救出の際に右足を骨折してしまった義太郎が、療養がてら湖畔のホテルに泊まっています。やはりカッパ・ノベルス版の「著者のことば」には、〈人と人が「仮面をつけた」付合いしかできなくなりつつある現代、いつもの面々の暖かいつながりに安堵のひとときを過ごしていただきたい〉とありました。この『三毛猫ホームズの証言台』でも色とりどりの仮面をつけた人たちが、高原のホテルとその周辺に集っています。

長く書き継がれてきたシリーズですが、ホームズ同様、晴美と石津《いしづ》刑事が晴れて華《か》燭《しょく》の典《てん》を迎えたり、栗原《くりはら》捜査一課長が定年退職をするといったこともなく、お馴染みの面々の日常にさしたる変化はありません。しかし、やはり事件の背景には現実社会の変貌が反映されています（以下、〈 〉内はカッパ・ノベルス版の「著者のことば」です）。

『三毛猫ホームズの推理』は赤川さんにとって三冊目の著書でした。カバーにはモデルとなった三毛猫の剝製《はくせい》とともにポーズを取っている著者近影があります。若い――いや、それは当たり前ですね。その記念すべきシリーズの最初の一冊の「著者のことば」は、やはり貴重なものでしょう。

猫には、ちゃんと分かってるんじゃないだろうか。人間の言葉も、考えも。――こっちを見上げるそのポーカーフェイスを眺めていると、よくそう思うことがある。ともかく楽しく読めるミステリーを、と考えて、色と欲に翻弄《ほんろう》される人間たちの中に、スマートな猫を配してアクセントを付けてみた。本格推理としての骨組みも見失わなかったつもりである。だが、もし猫たちがこれを読んだら――きっと賞めもけなしもせずに、そっぽを向いてしまうだろう。

中学三年生の時、コナン・ドイルが生みだした名探偵のシャーロック・ホームズの活躍に刺激されて小説を書きはじめた赤川さんですから、ホームズという名前の猫を登場させることには、感慨深いものがあったでしょう。最初の構想では、ホームズはもっと超猫的な推理を披露することになっていたようですが、やっぱり最後の推理は人間に任せるのが無難(?)と彼女は思ったようです。

一九七八年といえば、成田空港が開港し、超高層ビルの「サンシャイン60」が東京・池袋に完成しています。映画「サタデー・ナイト・フィーバー」が公開されてディスコがブームとなり、原宿の路上では竹の子族が踊っていました。

翌年には第二次オイルショックに見舞われる日本社会ですが、その影響はさほどではなく、それからいわゆるバブル景気に向けて経済成長が続きます。ミステリー界も活気がありました。翌年のシリーズ第二作『三毛猫ホームズの追跡』からは、新しく飼い主となった片山兄妹のもとでホームズが数々の難事件を解決していきます。〈これは、ちょっとミステリ通《つう》で、ちょっと猫好きで、そして面白い小説が大好きだという方に満足いただけたら、と願う本である〉とありましたが、晴美の勤務先が「新都心教養センター」となっているのには、いわゆるカルチャースクールのブームとなった世相が反映されています。

ホームズが人間社会のカルチャーにどれほど関心を持っているのかは分かりません。ただ、初めて登場した時の飼い主である羽衣《はごろも》女子大学の文学部長の森崎《もりさき》の趣味の影響でしょうか、クラシック音楽にまつわる事件もありました。ヴァイオリン・コンクールに邪悪な意思が忍び寄る『三毛猫ホームズの狂死曲《ラプソディー》』（4）、そこに登場したヴァイオリニストの桜井《さくらい》マリが再び登場する『三毛猫ホームズの歌劇場《オペラハウス》』（13）、ピアノを演奏中に死が訪れる『三毛猫ホームズの黄昏ホテル』などです。『三毛猫ホームズの狂死曲』の〈猫に音楽がわかるという話は聞いたことがないが、人間とは比較にならない鋭敏な耳を持った猫に、美しい調べはどう聞こえているのだろう〉という問いかけに、まだホームズは答えていないようです。

『三毛猫ホームズの歌劇場』に先立つ『三毛猫ホームズの騎士道』（8）と『三毛猫ホームズの幽霊クラブ』（11）、そして『三毛猫ホームズの登山列車』（14）と、お馴染みの面々とヨーロッパを旅したのも、ホームズにはいい思い出となっていることでしょう。時差ぼけにもならず、普段とは違った食事にもまったく動じないのは、さすがホームズでした。『三毛猫ホームズの登山列車』には〈帰国までに大分時間がかかったが、読者のみなさんは、ヨーロッパへ行った時、このシリーズを観光ガイドとして利用されない方がいいと思う。もし、殺人事件に巻き込まれたとしても、もうホームズも片山たちも、ヨーロッパにはいないのだから〉とあります。いまだヨーロッパを訪れる機会がないので確認できないのは、残念至極としか言いようがありません。

鍋島藩《なべしま》の化け猫騒動やエドガー・アラン・ポーの「黒猫」など、猫は怪奇小説によく似合う――などと断言してはホームズに叱られてしまうかもしれませんが、『三毛猫ホームズの怪談』(3)、『三毛猫ホームズの恐怖館』(6)、『三毛猫ホームズの騒霊騒動《ポルターガイスト》』(16)とシリーズの初期に怪奇な事件の多かったのは否定できないでしょう。『三毛猫ホームズの騒霊騒動』には、〈もともと、このシリーズは、多少「超自然的」な面を持っている。三毛猫が探偵役をつとめる、ということ自体、現実離れした設定なのだから〉とありました。

しかし、人間社会の現実の移り変わりにもホームズは直面しています。とくに変化の激しかったのは「電話」ではなかったでしょうか。

初登場から十二年後、一九九〇年に刊行された『三毛猫ホームズの四季《しき》』(18)には、〈初めのころ、高校生だった女性読者が、今はお母さん、といったお手紙もよくいただくようになった。あくまで年齢《とし》をとらない主人公たちだが、テレホンカードの登場だの、自動車電話の一般化だの、取り巻く状況は少しずつ変わって行く〉と書かれています。

テレホンカード？　自動車電話？　携帯電話はそもそも自動車電話からスタートしたとか、アイドルの宣伝のために製作したテレホンカードが人気を呼んだとか、振り返ると時代の移り変わりを実感するのです。いまやホームズもケータイを駆使しているのですから、まさに隔世の感！

けれど、人間のそのものはそんな簡単に変わるものではありません。感情や親子の関係の本質は昔も今も同じです。『三毛猫ホームズの卒業論文』(40)には〈これほどの長いシリーズになるとは予想もしていなかった。いつまでも独身でいなければならない片山義太郎、結婚できない晴美と石津刑事など、時代は変って携帯電話は持っても、当人たちは一向に変らない。／ホームズも人の世の愚かさに呆れつつ、その愚かさを愛して生きている〉とありました。

『三毛猫ホームズの危険な火遊び』(42)の〈「三毛猫ホームズ」のシリーズが、どこか浮世離れした印象を与えるとすれば、それはすべての登場人物が「一生懸命に生きている」からだろう。／現実の世界では「額に汗しないでお金を稼ぐ」ことが若者たちからスマートだと思われる時代である。犯人は犯人で、頑張って「犯人でいようとする」物語を、だからこそ書き続けて行かなくてはならないと思う〉や、『三毛猫ホームズの暗黒迷路』(43)の〈人間とは弱いものであり、同時にやり直し、立ち直ることができるものでもある。「罪を憎んで人を憎まず」という言葉を、ホームズや片山たちの行動を通して考えてみてほしい〉は、今もなお胸に響いてきます。

そしてとりわけ勇気づけられたのは、『三毛猫ホームズの花嫁人形』(37)の、〈世の中が暗く元気がなくなってくると、昔ながらの道徳観を持ち出して、「女は家庭に帰れ」

などと言い出す手合が必ずいる。片山兄妹やホームズは、「未来は私たちのもの！」と、軽やかにそんな壁をのり越えていく若い世代を応援したいと思っている〉でした。

では『三毛猫ホームズの証言台』の「著者のことば」はどうだったでしょうか。

人と人の出会いとは、面白いものである。一本の電車に間に合うか間に合わないかで、恋に落ちることもあれば、全くの他人のままで一生終ることもある。おそらく「運命的な出会い」なんてありはしないのだ。ただの偶然を「運命」に変えるふしぎな力が人間にそなわっているのだろう。三毛猫ホームズと片山兄妹との出会いから始まったこのシリーズ、今度もまた出会いから生まれた物語である。

確かにあの時に違う道を歩んでいたら……いや、個人的な悔恨はさておいて、読者にとって三毛猫ホームズの物語を手にしたことは、最大にして最高の出会いになったはずです。

そしてホームズたちには難事件がこれからも待っています。大好物のアジの干物をゆっくり味わっている時間はないかもしれません。もっとも、アジは昨今、漁獲量が減って価格が高騰しているせいか、ホームズの食卓には上がらない……。景気が良くなっているのか悪くなっているのかよく分からない昨今の日本経済ですが、義太郎の給料が上がったという話もありませんから、ホームズには食生活の変化を甘んじて受け入れてもらいましょう。

では最後に一言。〈ホームズたちは、いつも「弱い者の味方」である〉——『三毛猫ホームズは階段を上る』(47)

〈初出〉
「小説宝石」二〇一五年四月号〜二〇一六年十月号
二〇一六年十二月　カッパ・ノベルス刊

光文社文庫

長編推理小説
三毛猫《みけねこ》ホームズの証言台《しょうげんだい》
著者　赤《あか》川《がわ》次《じ》郎《ろう》

2019年4月20日　初版1刷発行

発行者　鈴木広和
印刷　萩原印刷
製本　ナショナル製本

発行所　株式会社 光文社
〒112-8011　東京都文京区音羽1-16-6
電話（03）5395-8149　編集部
8116　書籍販売部
8125　業務部

ISBN978-4-334-77829-3　Printed in Japan

組版　萩原印刷

赤川次郎ファン・クラブ

三毛猫ホームズと仲間たち

入会のご案内

会員特典

★会誌「三毛猫ホームズの事件簿」（年４回発行）
会誌の内容は、会員だけが読めるショートショート（肉筆原稿を掲載）、赤川先生の近況報告、先生への質問コーナーなど盛りだくさん。

★ファンの集いを開催
毎年夏、ファンの集いを開催。賞品が当たるクイズ・コーナー、サイン会など、先生と直接お話しできる数少ない機会です。

★「赤川次郎全作品リスト」
600冊を超える著作を検索できる目録を毎年５月に更新。ファン必携のリストです。

ご入会希望の方は、必ず封書で、〒、住所、氏名を明記の上、82円切手１枚を同封し、下記までお送りください。（個人情報は、規定により本来の目的以外に使用せず大切に扱わせていただきます）

〒112-8011
東京都文京区音羽 1-16-6
(株)光文社　文庫編集部内
「赤川次郎Ｆ・Ｃに入りたい」係

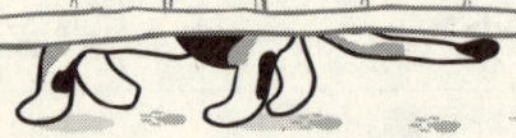